뉴욕, 관점의 발견

뉴욕, 관점의 발견

현예림 지음

멀리깊이

이제까지의 지평을 넘어서는 관점의 발견

이 책은 뉴욕 미술시장을 무대로 활동하는 젊은 한인 플레이어들의 이야기다.

뉴욕 미술시장에서 성공을 이룬 훌륭한 한인들은 많다. 하지만 나는 내 또래 사람들의 꿈, 열정 그리고 이를 위해 나아가는 생생한 현재의 모습을 공유하고 싶었다. 이들 중에는 처음부터 미술업계로의 꿈을 꾸며 한길을 걸어온 사람도 있고, 여러 다양한 가능성을 시도해 보다가 자신의 열정과 적성을 찾아 미술업계로 온 사람도 있다. 이들의 이야기는 미술시장으로의 진입을 꿈꾸는 친구들에게는 정보와 영감이 되고, 다른 영역에 몸담고 있는 사람들에게는 서로에 대한 응원과 격려가 된다.

한국에서 변호사로 일하던 나는 지난 2020년, 팬데믹 한중간에 뉴욕으로 오게 되었다. 뉴욕은 신기하리만큼이나 사람들을 끌어당기는 힘이 있기도 하지만, 무엇보다 수십 년간 계속해서 품어온 미술에 대한 열망도 이런 결정의 바탕이 되었다. 뉴욕이라는 도시는 일상에서 숨쉬듯 미술을 접할 수 있는 곳이라고 생각했기 때문이다. 그리고 내 생각은 현실이 되었다. 사실 서울에서 무엇을 생각해 왔든 무엇이나 그 이상이었다. 뉴욕의 미술시장은 다양하다는 표현만으로는 설명이 되지 않을 정도로 질과 양에서 압도적이었고, 무엇보다 나 같은 외부인에게도 활짝 열려 있었으며 매일같이 다양한 이벤트로 넘쳐났다.

팬데믹 중에도 뉴욕의 많은 갤러리, 오픈 스튜디오, 옥션 등을 통해 1, 2차 미술시장을 접하고 사람들을 만났다. 초기에는 주로 첼시Chelsea나 어퍼이스트사이드Upper East Side의 아트 디스트릭트에 위치한 메이저 갤러리를 위주로 다니며 새삼 미국 미술시장의 자본력과 영향력을 체감했다. 개인적으로 조지 콘도George Condo라는 작가를 참 좋아하는데, 첼시에는 그의 전속 갤러리 하우저앤워스Hauser&Wirth도 자리하고 있다. 조지 콘도는 모두 어딘가는 조금씩 이상해져버린 현대인들의 본질을 위트 있게 그려내는 것으로도 잘 알려져 있는데, 몸만 자라고 뇌는 자라지 않은 초상화를 그려놓고 '주식 중개인The Stockbroker'이라는 제목을 다는 식이다. 하우저앤워스가 2021년 초 기획한 조지 콘도 전시회에서는 그가 2020년 봄에서 가을에 걸쳐 작업한 작품을 바로 접하는 기쁨도 누렸다.

이후 전시를 찾는 횟수가 점차 늘어나면서, 대형 또는 메이저 갤러리뿐만 아니라 소호Soho, 로어이스트사이드Lower East Side나 브루클린에 있는 부티크 갤러리로도 반경을 넓히기 시작했다. 이 과정에서 알게

코로나 팬데믹이 한창이던 2021년 1월 하우저앤워스의 조지 콘도 전시회에서

된 작가, 큐레이터, 아트 딜러나 갤러리스트 등을 통해 뉴욕에서 이뤄지는 여러 '아트 신Art Scene'에 참여하거나 엿볼 기회가 하나둘씩 생겨났다. 동시대 예술과 미술 작품에 대한 뜨거운 토론이 작가들의 작업실인 스튜디오를 비롯한 여러 장소에서 이뤄지고 있었다. 미술시장이 작품을 사고파는 곳을 넘어 동시대 사람들에겐 소통과 위로의 공간이자 공동체 의식을 쌓게 하는 매개가 되어주고 있었다.

시작 단계이기는 하나 나도 6년 전쯤부터 미술 작품 컬렉팅을 하고 있다. 그러면서 뉴욕 기반의 신진 작가들 중 떠오르는 인물들도 궁금해졌다. 갤러리스트, 아트 딜러, 아트 어드바이저, 작가 등 다양한 분야의 사람들과 많은 대화를 나누게 된 것도 그런 이유에서였다. 결과적으로 이 과정에 만난 훌륭한 친구들은 미술이라는 영역을 넘어 내가 세상을 바라보는 시각에까지 큰 영향을 미쳤다. 그들이 들려주는 삶의 이야기는 긍정적이고 폭발적인 에너지가 가득했고, 듣는 것만으로도 묘한 희열이 느껴졌다.

사실 이것이 이 책을 구상하게 된 가장 큰 목적이다. 뉴욕의 그때 그 사람과 장소에서 받은 희열을 많은 사람들과 함께 나누고 싶었다. 낯선 시장에서 자신의 분야와 입지를 개척하는 젊은 한인들의 이야기이자 나에게도 영감을 주고 힘이 되어줬던 사람들의 이야기를 전하고 싶었다. 특히, '뉴욕에 살고는 있지만 사는 것은 아닌' 나의 특수한 상황으로 인해 도시나 그 도시에 살고 있는 사람들의 이야기에 보다 감각을 곤두세울 수 있었다.

"젊음은 젊은이들에게 낭비된다The youth is wasted on the young."는 노래 가사가 있다. 불과 몇 년 전까지만 해도 가슴에 와닿았던 가사지만,

뉴욕에서 2년 가까이를 지낸 뒤 나는 이 말에 더 이상 동의하지 않게 되었다. 내 또래의 또는 그보다 조금 어린 친구들의 꿈과 삶에 대한 열정은 늘 고무적이다. 꿈을 좇는 과정에서 피할 수 없는 막막함이나 열정적인 삶 속에서 불현듯 찾아오는 불안감은 누구나 젊은 시절에 느꼈을 법한 감정이기 때문이다. 뉴욕 미술시장의 젊은 한인들의 모습은 결코 낭비된 적 없는 젊음의 아름다움을 느끼게 했다.

이 책의 또 다른 목적은 미술업계에 대한 막연한 관심을 꿈으로 키워 나가도록 도움을 주고자 하는 데에 있다. 미술 분야로 진출하고 싶지만 직업의 종류, 요구하는 자질과 프로필 등 자세한 정보를 접하지 못해 어려움을 겪는 사람들이 적지 않다. 나 또한 그랬다. 20여 년 전 나는 미술학도 지망생이었다. 하지만 당시에만 해도 미술을 전공하면 작가가 되어야 한다고 생각했고, 그런 제한된 인식 속에서 나는 스스로를 아티스트 재목은 아니라고 결론 내렸다.

이후 대학생이 되어 학생 기자로 활동하던 중, 2006년 가을 한국국제 아트페어Korea International Art Fair, 이하 KIAF를 취재할 기회가 있었다. 이 과정에서 토크 세션에 참여했던 당시 홍콩 크리스티Christie's 부사장을 인터뷰했는데, 변호사로서 사회생활을 시작했다는 그의 이야기는 또 하나의 꿈을 꾸는 자극제가 되었다.

변호사가 된 이후에도 미술에 대한 열망은 사라지지 않았다. 건국대학교 법학전문대학원 이재경 교수님이 이끄는 미술법학회에서 활동을 이어나가기도 하고, 다양한 미술 서적들과 칼럼들을 종종 찾아보기도 했다. 그중에서도 『컬렉터: 취향과 안목의 탄생』은 그동안 목말랐던 미술업계에 관한 많은 정보들을 가득 담은 책이었다. 이 책은 해외 미술업계에 종사하는 다양한 사람들을 소개하는데, 여기에는 아트 컨설턴트, 아트 펀드 매니저, 기업 아트 컬렉션 매니저 등 당시 한국에서는 많이 알려지지 않은 사람들과의 인터뷰를 담고 있었다. 마찬가지로 이 책도 미술업계에 막연한 관심을 갖고 있으나, 관련 정보가 부족해서 선뜻 용기 내지 못하는 사람들에게 작게나마 도움이 되기를 바란다. 단순한 직업 소개에 그치지 않고, 직업을 갖기까지의 고민과 과정, 성장의 원동력은 무엇이었는지를 두루 전달하고자 노력했기에 생생한 정보를 얻을 수 있을 것이다.

뉴욕 '아트 신'에서 만난 다양한 사람들과의 교류는 이전까지 경계 짓고 있던 삶의 지평 그 이상을 생각하게 했다. 이 경험은 서울에 돌아온 현재까지도 진행 중이며, 이전의 내가 보지 못했던 더 큰 세계로 계속해서 나를 이끌고 있다. 부디 이 책을 읽는 독자들께도 감정의 긍정적 동요와 시선의 드넓은 확장이 주는 희열이 전달되기를 바란다.

005 | **프롤로그** 이제까지의 지평을 넘어서는 관점의 발견

1장 뉴욕으로 떠나다

015 | 나는 왜 뉴욕 미술시장을 사랑하게 되었는가

022 | 뉴욕 미술시장에 부상한 한인 플레이어들

038 | 비평과 큐레이션의 도시, 뉴욕

045 | 그래도 MoMA

051 | 끊임없는 다양성에 대한 모색 - 다양성은 당위인가 흐름인가

058 | 뉴욕의 갤러리들 - 창고에서 메이저 갤러리까지

2장   뉴욕에서 만나다

071 | 우리 모두는 어둠과 빛을 통해 성장한다, 나무처럼

아티스트 및 갤러리스트 · **박세윤**

091 | 전시기획은 인간에 대한 질문에서 시작한다

아트 디렉터 · **그레이스 노**

113 | 미술 전시기획의 핵심 하드웨어, 자본력!

미술관 펀드레이저 · **이지현**

137 | 미술을 향유하는 문턱을 낮추다

비영리법인 미술재단 운영 · **이지영**

163 | 성장을 위한 두 가지 조건, 유연성과 민첩성

갤러리스트 겸 사업가 · **이종원**

181 | 고객이 구매를 결정하는 시점, 공감

경매 회사 변호사 · **캐서린 림**

207 | 붓 터치 하나하나가 모여 시그니처가 된다

아티스트 · **김민구**

239 | 지속 가능한 나만의 속도를 찾아서

큐레이터 및 아파트 갤러리스트 · **전영**

263 | **에필로그**   보다 더 진실된 삶을 마주할 용기를 내며

266 | **인터뷰 참여 후기**   뉴욕, 회색의 삶이 풍요로워지는 곳

1장

뉴욕으로 떠나다

나는 왜 뉴욕 미술시장을
사랑하게 되었는가

사심 가득한 인터뷰

내가 미술에 관심을 갖게 된 것은 꽤 오래전 과거로 거슬러 간다. 어려서부터 미술은 내 일상 곳곳에 존재했다. 가족 중에 화가와 미대 교수인 사촌들이 있기도 하고, 아빠 또한 개인적으로 지원하는 화백이 있을 정도로 한때 컬렉팅에 심취했을 때가 있었으며, 나의 고모는 예술적인 사람이었다. 이런 가족의 영향 때문인지 나도 꾸준히 미술학원을 다녔고, 고등학교에 진학할 나이가 되었을 때는 자연스럽게 예고에 지원하려고 했다. 하지만 다들 알 법한 한국 부모님의 기대로 예고가 아닌 외고에 진학했고, 그렇게 미술 세계와는 멀어지나 싶었다.

대학생이 되고 난 뒤 미술관 전시회와 아트페어에 드나들거나 여행을 가서 종종 갤러리에 들르기 시작했다. 2010년경에는 이탈리아 시칠리아에서 우연히 한 갤러리를 방문했는데, 갤러리의 이름이나 전시 작가의 이름은 기억나지 않지만 당시 받았던 감동은 여전히 생생하다. 등산과 미식 말고는 할 것이 없다고 여기던 시칠리아가 새롭게 보였다. 유럽의 구도시가 그렇듯 외관은 16세기 카라바조Caravaggio가 살았을 법하게 생겼으나, 안으로 들어가니 전혀 다른 세계가 펼쳐졌다. 노출 벽 구조의 컴컴한 공간에는 미니멀한 조명이 모던한 조각품을 비추고 있었다. 새로움과 옛것, 빛과 어둠의 대조가 인상적이었는데, 갤러리에 들어선 즉시 시공간을 이동하는 느낌을 받았다. 내가 새로운 감각을 계속해서 경험하고자 하는 사람이라는 사실을 새삼스럽게 깨닫는 순간이었다.

미술시장을 지금보다 잘 알지 못했던 때라 미지의 것에 대한 환상도 있었고, 당시 전공하던 실용 학문보다는 확실히 화려하고 '있어 보이는' 인더스트리라는 생각이 강했다. 화이트 큐브의 전형적인 갤러리 공간이더라도 그 공간에서 받는 느낌이 좋았고, 때로는 그 공간에 서 있는 내 자신이 멋지게 느껴지기도 했다.

미술과 법의 접점을 찾아보겠다고 다짐한 것은 대학교 시절 학보부 기자로서 당시 홍콩 크리스티 부사장을 인터뷰한 것이 계기였다. 그는 한국국제아트페어Korea International Art Fair, KIAF의 한 세션을 위해 방한했었다. 당시 학보부 기자의 타이틀을 십분 활용해 세계적인 경매 회사의 부사장에게 질문을 건넸다. 미술시장에는 어떻게 들어오게 되었는지, 미술을 전공하지 않은 사람이라도 진입이 가능한지 등의 질문에는 개인적인 호기심이 잔뜩 담겨 있었다.

질문을 받은 그는 자신이 변호사로서 커리어를 시작했다고 운을 뗐다. 그리고 그 대답은 이후 내 인생에 커다란 영향을 미쳤다. 학보부 기사로는 실리지도 않았던 사심 가득한 인터뷰는 개인적인 삶에서는 결코 잊을 수 없는 순간이 되었다. 그 후로 나는 법 분야의 커리어를 지속해도 되겠다는 믿음을 가졌고, 특히 변호사가 좋겠다고 생각했다.

미술과 법의 접점을 찾아보겠다는 목표는 이후 로스쿨 재학 시절에도 사그라들지 않았다. 1학년 여름 방학 때에는 「미술 작품 기부 장려를 위한 미국 세법상 기부금 공제제도에 대한 소고Implications of the U.S. IRC for Increasing Individuals' Art Donation in Relation to Tax Deduction」라는 논문을 써서《연세 로 저널Yonsei Law Journal》*에 실리기도 했다. 하지만 그 후에는 이렇다 할 학문적 접점을 찾지 못했다.

미술에 대한 채워지지 않은 열망은 변호사가 된 이후에도 계속해서 이어졌다. 시간을 쪼개 미술법학회 활동에 참여하거나, 아트페어에 참가한 해외 갤러리의 통역 인턴을 맡는 등 미술시장 근처를 여전히 떠나지 않고 기웃거렸다. 통역을 도와주며 인연을 맺게 된 해외 갤러리 중에는 싱가포르 변호사가 공동 갤러리스트로 있는 곳도 있었다. 갤러리 오픈 시 투자자로 참여해 평소에는 변호사로, 시간이 나는 주말에는 갤러리스트로 일하는 것이다. 변호사로 일하면서도 미술에 대한 큰 열정을 가지고 사는 모습은 큰 자극이 되었다. 그 후 싱가포

• VOL. 3 NO. 1, MAY 2012,《Yonsei Law Journal》
(https://ils.yonsei.ac.kr/ils/journal/yonsei_law_journal.do?mode=view&articleNo=22507&article.
offset=10&articleLimit=10)

르 출장이 있을 때마다 얼굴을 보고 근황을 체크하는 인연으로 발전했다.

이후 변호사로서의 일도 어느 정도 익숙해지고 마침내 금전적으로도 조금은 여유가 생겼을 때, 소소하게나마 나만의 컬렉션을 시작하게 되었다. 그런 내가 뉴욕에 간다니, 물 만난 물고기였다.

단절의 시기에 소통을 시도하다

뉴욕에 도착한 것은 2020년 8월 말이었다. 허드슨강변에 위치한 거대한 컨벤션 센터인 자비츠센터Javits Center가 병동으로 활용되던 팬데믹 때였다. 다행히 코로나 팬데믹 최악의 시기는 넘긴 때였지만, 여전히 길거리에는 사람도 차도 거의 없었다. 이를 두고 횡단보도에 서 있으면 신호등 바뀌는 소리가 들린다고 이야기할 정도였다. 내가 알던 뉴욕이 맞나 싶었다.

하지만 뉴욕의 미술관, 갤러리, 작가들의 스튜디오는 열려 있었다. 그해 여름부터 다시 열기 시작했다고 했다. 뉴욕에 도착한 초기에는 갤러리 지구Gallery District라고 불리는 첼시나 어퍼이스트사이드의 갤러리를 드나들며 미국 미술시장의 자본력을 새삼 느꼈다. 뉴욕의 하우저앤워스와 데이비드 즈위너David Zwirner에서는 각각 조지 콘도와 게르하르트 리히터Gerhard Richter가 바로 직전 년도에 작업한 작품을 만날 수도 있었다.

그러다 큰 규모의 메이저 갤러리뿐만 아니라 부티크 갤러리로도 관심이 기울기 시작했다. 트라이베카TriBeCa, 소호, 로어이스트사이드

센트럴 파크 안에 있는 태번 온 더 그린Tavern on the Green. 겨울에 특히 그 불빛이 예쁘다.

나 브루클린에 있는 부티크 갤러리에서는 뉴욕 기반 로컬 작가들의 전시가 주로 열린다. 이 과정에서 작가 외에도 큐레이터, 아트 딜러, 갤러리스트 등과 자연스럽게 만나게 되었는데 모두들 소통과 교류에 상당히 개방적이었다. 미술시장이 촘촘히 연결되어 있는 만큼 모든 만남은 곧 기회로 이어질 수 있기 때문이다. 그렇게 다양한 사람들과 만나며 지금껏 미술시장 종사자에 대해 갖고 있던 편견도 하나둘 벗겨지기 시작했다. 신기하게도 미술과 미술시장에 대한 환상은 여전히 깨지지 않았다.

가지고 있던 편견 중에는 작가들은 고뇌하며 잠 못 이루는 고독한 시간 속에서 수작을 탄생시킬 것이라는 것도 있었다. 자신의 작품을 치열하게 고민하고 작업하는 시간은 분명 필요하다. 하지만 그에 못지않게 동료 작가, 컬렉터, 갤러리스트, 미술 애호가 등 동시대 구성원들과 교류하고 방향성에 대해 소통하는 과정이야말로 멋진 작품을 탄생하게 하는 기반이었다. 이 소통을 통해 작품뿐만 아니라 작가 그 자신도 성장해가는 것을 직접 볼 수 있는 멋진 경험이었다.

또 하나 빼놓을 수 없는 것은 미술시장 구성원들의 근면함이다. 특히 작가, 갤러리스트나 아트 어드바이저는 모두 1인 기업과도 같아서 이들은 자신이 키워나가고 싶은 비즈니스를 파악하기 위해 연구하고, 소통하고, 굉장히 적극적으로 비즈니스를 확장해 나갔다. 기회가 또 다른 기회를 만들도록 노력하며 성장해 나가는 모습 또한 볼 수 있었다.

이렇듯 뉴욕에 와서 다양한 미술시장 종사자들과 교류하며 지금까지 몰랐던 새로운 세계를 알게 되었다. 그러는 과정에 과연 직업인으로서 이들의 삶은 어떤 모습인지, 현재를 살아가게 하고 미래로 이끄는 힘이 무엇인지가 궁금해지기 시작했다. 특히 뉴욕은 전 세계 미술 시장 중심인 만큼 작가로서는 생존 자체가 경쟁적이고, 특히나 살인적인 물가로 생계를 유지하는 것도 벅차다. 그런 뉴욕에 자리를 잡겠다고 결심한 배경, 자리를 잡는 과정에서 겪었을 고민과 어려움, 그럼에도 나아갈 수 있었던 동기, 그리고 전반적인 삶의 에너지는 과연 무엇일까 궁금했다.

이들과의 교류를 통해 깨닫게 된 것은 뉴욕의 미술시장과 이를 구성하는 사람들의 면모나 직역 간의 역학관계에 관한 것뿐만이 아니다. 지금까지 내가 기대고 있던 삶의 질서에서 벗어나는 동시에 관점의 전환을 이룰 수 있었다. 흔히 자신이 원하는 삶을 살기 위해서는 어느 정도 뚜렷한 삶의 계획이 있어야 한다고 하지만, 오히려 계획 탓에 다가온 기회를 잘 파악하지 못하고, 운 좋게 파악하더라도 이를 놓칠 수도 있다. 생각보다 인생에 정해져 있는 것은 별로 없고, 어떻게 살아야 한다는 공식 같은 것은 더욱 없다. 그저 현재에 충실하다 보면 우연한 요소로 예상치 못한 기회를 얻기도 한다.

뉴욕은 성공의 길이 참 다양한 도시다. 처음부터 대단한 자본이나 인맥이 필요한 것도 아니고, 어느 분야에서든 실력만 인정받으면 출신 국가를 비롯한 여타 배경도 중요하지 않다. 그만큼 누구나 성공을 이룰 수 있는 기회의 땅이기도 하다. 브루클린의 작은 동네에서 시작했어도 훌륭한 안목을 갖춘 갤러리스트가 있다면, 5년이 채 되기도 전에 미국 서부, 유럽을 거쳐 메이저 갤러리로 거듭날 수 있는 곳이다.

New York
Art insight

뉴욕 미술시장에 부상한
한인 플레이어들

새로운 인연으로 가득한 뉴욕

뉴욕 맨해튼에는 단위 면적당 서울보다 더 많은 사람들이 산다. 그래서인지 새로 만난 사람이라도 취향이나 대화만 통한다면, 서울보다 더 적은 의지로 만남을 이어 가기에도 용이하다. 뉴욕에서 지내는 동안 다양한 분야의 사람들과 교류했다. 그중 주로 만남을 이어간 그룹은 1년간 석사과정을 같이 밟은 친구들, 금융계나 미술계 사람들과 변호사들이었다. 주로 외국인이었던 학교 친구들을 제외하고는, 한인들과의 교류를 통해 만난 사람들이었다.

뉴욕과 그 주변 뉴저지에는 워낙 많은 수의 한인들이 살고 있고, 이들은 뉴욕에서 이미 영향력이 있는 소수자 그룹으로 거듭나 있다. 워낙 수가 많음에도 한인이라는 사실만으로 빠르게 친해지거나 도움을

허드슨 강을 따라 위치한 선상 바
그랜드뱅크스Grand Banks의 모습

주고받을 수 있었다. 그래서인지 뉴욕에 간 초창기에는 미술계에 있
는 한인 친구들과도 스스럼없이 연락을 주고받게 되었는데, 특히 김
민구 작가나 신홍규 관장의 경우가 그랬다. 그들의 인스타그램을 통
해 먼저 연락한 뒤 각각 스튜디오와 갤러리로 직접 찾아갔다.

또 출장, 유학, 여행 등의 목적으로 뉴욕으로 오는 한인들도 많아서
그들을 통해 뉴욕에 아는 사람들을 소개받기도 했다. 큐레이터 전영
의 경우 컬럼비아대학교Columbia University에서 알게 된 동문의 친한 지
인이었고, 전영을 통해 다른 이들을 소개받기도 했다. 또 인터뷰를 통
해 만난 인연이 이어져 새로운 관계를 맺게 되는 등 이후에는 자연스
럽게 범주가 확장되었다.

뉴욕 맨해튼은 대도시 서울보다 면적이 작고 집약적이기 때문에

헬스키친에 위치했던 나의 두 번째 집에는 작품을 걸 벽이 부족했다.
오해하지 말길. 그만큼 집이 성냥갑만했다.

어디로든 이동하기가 편리하다. 헬스키친Hell's Kitchen에 위치했던 집에서 메가 갤러리들이 있는 첼시까지는 걸어서 고작 15~20분 거리였고, 그 거리마저도 내 분신 같던 자전거를 타면 10분이면 충분했다. 그래서 비나 눈이 오지 않고, 특별히 춥거나 약속 시간이 촉박하지 않으면 으레 자전거를 탔다. 브루클린 방향에서 맨해튼의 다운타운으로 건너올 때 브루클린브리지를 지나게 되는데, 해질녘 허드슨강을 따라 이곳을 넘을 때면 광경이 참 예뻤다. 또, 맨해튼의 동네neighborhood는 제각기 다른 분위기를 자아내는데, 짧은 휴식 시간만으로도 도시의 다른 면모를 보기에 충분했다.

서울은 가족 중심의 도시인 데에 반해 뉴욕은 친구 중심의 도시다.

친구들과 특히 번개로 자주 찾던 '임플로이 온리Employees Only'라는 이름의 바

뉴요커 중에도 실제 뉴욕에서 나고 자란 경우가 드물어 가족과 사는
경우가 드물었고, 가정이 있더라도 친구들과의 만남에 모두 열성적이
었다. 도시가 콤팩트한 만큼 서로 그리 먼 거리에 살지 않는다는 점은
친구들과의 만남을 이어가는 데에 큰 장점이었다. 어떤 약속이든 즉
흥적으로 잡기 용이하고, 만남을 위해 쉽게 움직일 수도 있기 때문이
다. 그래서인지 2020년 가을 학기를 시작하며 만난 학교 친구들과는
학교와 직장을 포함한 2년의 시기를 꼬박 함께 보냈는데, 예상치도 못
하게 불꽃 같은 우정을 키우기도 해 참 감사한 마음이 드는 도시다.

학교 친구들이자 동네 친구들인 네타 바탓Neta Battat과 마들렌 블레오Madeleine Blêhaut

뉴욕 주류로 성장한 한인들

뉴욕에 있던 2년 동안 가장 크게 체감한 것은 한인들이 많은 분야에서 큰 두각을 나타내고 있다는 점이었다. 당시 근무하던 뉴욕 로펌에서도 한인 변호사들의 숫자가 상당했던 것은 물론이고, 긴 기간 담당했던 프로젝트에서도 고객 회사에서는 물론 재무 자문사financial advisory에도 한인으로 추정되는 이름을 쉽게 찾을 수 있었다. 심지어는 한 건에 개입된 어소시에이츠Associate 변호사 중 두 명 이상 한인인 사건도 더러 있었다.

우스갯소리 중에는 뉴욕의 대형 로펌Big Law은 두 인종이 잡고 있는데, 바로 유대인과 동양인이라는 말이 있을 정도였다. 2022년 방영한 넷플릭스 시리즈 〈파트너 트랙Partner Track〉은 뉴욕 로펌을 배경으로 시니어 어소시에이츠들이 주니어 파트너 자리를 두고 경쟁하는 내용인데, 그 주인공 잉그리드 윤Ingrid Yun도 한인 여성으로 추정된다. 뉴욕 로펌에 꽤나 많은 수의 동양인 여성, 그중에서도 많은 한인들이 일하고 있는 세태를 사실적으로 그리고 있다는 생각이 든다.

미술시장도 예외가 아니었다. 많은 한인 작가들이 그들만의 영역을 구축하며 명성을 쌓고 있었다. 특히 근래에는 해외 메가 갤러리와 손을 잡고 해외에서 커다란 성공과 인지도를 얻는 경우가 많이 보였다. 특히 숯을 이용한 작업으로 유명한 이배 작가는 지난 2018년 페로탕Perrotin의 전속 작가가 되었는데 이후 그의 작품이 해외에서도 큰 각광을 받기 시작했다. 2023년 여름, 뉴욕 록펠러센터 단독 전시에서는 센터 앞 채널가든에 커다란 조각을 설치하여 엄청난 존재감을 드러내기도 했다.

이 외에도, 위와 같은 경우에 못지 않게 한국을 거치지 않고 곧바로 미국, 그중에서도 뉴욕에서 바로 자신의 커리어와 프로필, 명성을 쌓아가는 젊은 작가들도 많았다. 이들의 작품의 특징은 대부분 한국적이거나 동양적인 색채를 찾아볼 수 없다는 점이다.

해외에서 한인 작가들은 정말이지 잘나간다. 배우고 성장하고자 하는 열정과 맡은 바 최선을 다하려는 성향이 강해, 성실하고 꾸준하게 작품 활동을 이어나가기 때문인 것 같다. 하지만 여기에는 또 다른 이유가 있다. 한국의 국력이 그만큼 높아지고 자본력이 커진 결과, 미술품에 대한 관심이 커지고 무엇보다 컬렉터 층이 다변화된 점이다. 과거에는 한국의 컬렉터들이 저명한 해외 작가의 작품을 구매하는 경우가 많았지만, 컬렉터 층이 두터워지고 다변화되면서 해외 신진 작가나 이제 막 커리어 하이를 향해 가는 해외 한인 작가에 대한 관심과 지원이 상당해졌다.

그리고 또 하나 빼놓을 수 없는 변화가 작가 외에도 메이저 미술 시장*의 구성원 중 한인들이 전반적으로 늘어났다는 점이다. 메이저 갤러리나 기관institution에서 일하는 한인들도 많고, 독립적인 아트 어드바이저나 컨설턴트로 일하는 한인도 더러 있었다. 또한 뉴욕에는 10인 남짓한 한인 갤러리스트가 있는데, 그들의 고객이 반드시 한인들로 국한되지 않았다. 정말 다양한 국적의 사람들이 갤러리로 찾아왔고, 또 그들의 고객이었다.

• 협의로는 미술품이 거래되는 시장을 의미하는 미술시장은 크게 1차 시장과 2차 시장으로 나뉜다. 1차 시장은 작가로부터 직접 또는 아트페어나 갤러리를 통해 작품을 구매하는 시장이다. 이에 반해 2차 시장은 누군가가 이미 소장했던 작품이 경매와 같은 판로를 통해 재판매되는 시장이다. 협의의 미술시장 밖에는 영리 목적보다는 교육 등의 공익적 성격이 강한 미술기관이 위치한다.

2023년 6월, 뉴욕 록펠러센터 채널가든에 설치된 이배 작가의 검은 숯더미 형상의 조각 '불로부터'.
ⓒ조현화랑

맨해튼의 '신 갤러리'가 이어준 인연

뉴욕의 갤러리나 미술관에서는 전시 외에도 다양한 프로그램을 준비하고 선보인다. 특히 구겐하임미술관Solomon R. Guggenheim Museum에서는 정기적으로 시 낭독회, 미술비평 교육, 세미나 등 다양한 프로그램을 개최하고 참여 독려 메일을 보내온다.

메가 갤러리 외에 즐겨 갔던 곳은 로어이스트사이드에 위치한 신 갤러리Shin Gallery였다. 이곳의 갤러리스트 신홍규*는 갤러리가 계속해서 주변 커뮤니티와 소통하며 살아 숨 쉬도록 한 달 반에서 두 달에 한 번꼴로 전시를 기획하는 것은 물론, 2~3주에 한 번꼴로 새로운 이벤트를 부지런히 만들었다. 특히 본인도 상당한 규모의 아트컬렉션을 보유하고 있어, 자신의 컬렉션을 소개하거나 작품 구매에 얽힌 에피소드를 공유하는 세션을 마련하기도 했다. 실제로 신 갤러리가 위치한 건물의 2~4층에는 신 관장의 개인 컬렉션이 걸려 있는데, 특히 계단과 복도를 빼곡하게 장식하고 있는 모습이 인상적이었다.

내가 뉴욕에서 일하던 회사는 미드타운Midtown 그랜드센트럴 앞에 위치하고 있었는데, 집까지 일직선으로 걸었을 때 20분이면 도착하는 간결한 거리였다. 하지만 업무가 빠듯하지 않고 신 갤러리에 흥미로운 이벤트가 있는 날이면 집에 조금 멀리 돌아가고는 했다. 신 갤러리에는 다양한 국적과 배경의 사람들이 오기 때문에 이곳에 가면 재미난 인연들도 만날 수 있다.

2022년 6월 28일에는 유명 큐레이터인 에킨 에르칸Ekin Erkan의 진

• 그는 본인을 '신홍규 관장'이라고 부르곤 했다.

행하에 갤러리의 소속 작가인 안드레아스 에미니우스Andreas Emenius
와 인상주의 화가 피에르 오귀스트 르누아르Pierre Auguste Renoir의 작품
을 함께 다뤘다. 현대 추상파 구상 작가인 에미니우스와 대표적인 인
상파 거장인 르누아르의 작품을 함께 다룬다는 것 자체만으로도 흥미
로운 세션이었다. 나는 세션이 시작하는 7시에 맞춰 일을 마무리하고,
부랴부랴 그랜드센트럴에서 출발했다. 4-6번 라인을 타고 로어이스
트사이드의 신 갤러리에 도착했고 최대한 조용히 맨 뒷자리에 쪼그려
앉았다.

그렇게 심취하던 중 토크쇼가 끝나자 옆에 앉아 있던 사람이 말을
걸어왔다. 미술이라는 공통 주제 덕분에 대화는 언제나 순식간에 발

전하는데, 맥스Max라는 이름의 그는 가족의 미술재단art foundation을 운영하고 있다고 했다. 서로의 관심사를 확인하고, 또다시 만남을 갖기까지 오랜 시간이 걸리지 않았다.

대화 끝에 그가 운영하는 가족 미술재단의 작품 일부를 보러 가기로 했고, 어퍼이스트사이드 95번가의 오래된 건물로 향했다. 부엌부터 안방까지 일자로 이어져 있는 오래된 레일로드 스타일railroad style의 아파트였는데, 19세기 후반에서 20세기 초반 시카고나 뉴욕 등에서 유행한 건축양식이었다. 이는 미국의 대도시에 갑작스럽게 인구가 늘어나던 당시, 이들을 수용하기 위한 가장 효율적인 구조를 고민한 끝에 고안된 스타일이라고 한다.

오래된 나무 바닥이 운치 있던 거실은 바르셀로나 체어 등 디자이너 가구와 작품으로 가득 차 있었다. 무엇보다 눈을 뗄 수 없었던 것은 거실, 각 방, 부엌까지 이어지는 복도의 모든 벽이 마치 벽지처럼 엄청난 작가의 작품들로 가득 차 있었다는 점이다. 자신의 오피스 겸 서재는 그림으로만 잔뜩 채워둔 모습이었는데, 19세기 인상파 화가의 그림부터 로버트 인디애나Robert Indiana 작품 다수, 뉴욕 기반의 저명한 또는 저평가된 다양한 작가의 작품들로 즐비했다.

맥스는 뉴욕 근교에서 나고 자랐지만, 오스트리아로 건너가 11년간 갤러리를 운영하다 다시 뉴욕으로 돌아온 지는 6개월이 되었다고 했다. 오랜만에 뉴욕에 돌아와 다시금 자신의 커뮤니티를 만들어가고 있던 중이라고 했다. 덕분에 그의 다른 친구들—대체로 유럽친구들—도 소개받아 그들과 일주일에 두세 번씩 보는 경우도 허다해졌다. 그렇게 그와 만난 지 2주 차에 접어들었을 때, 그는 나에게 "우리는 뉴

맥스네 집 거실은 다양한 디자이너 가구와 미술 작품으로 가득하다.

집안 곳곳에 쌓여 있는 다양한 작품들

욕 기준으로 하면 벌써 베프야We are now besties from New York standard."라
는 말을 건넸다. 뉴욕에서 느낀 인간관계의 확장성을 한마디로 설명
해 주는 문장이었다. 나에게 맥스는 훌륭한 아트 어드바이저이기도
했다. 방대한 양의 작품들이 마치 쏟아지듯 뉴욕으로 모여든다. 그런
만큼 화풍 또한 서울과는 비교할 수 없이 다양한데, 여러 인종, 배경,
사상의 작가와 소비자가 있는 곳이니 당연한 결과다. 처음에는 이들
작품에 압도되는 듯했지만, 다양한 작품들을 계속해서 보다 보니 나
의 작품 취향이나 관심도도 계속 다양해지고 높아져 갔다. 그러면서
작품의 완성도나 작가의 성장성 등에 대한 판단이 궁금하고 고민될
때, 이를 맥스와 그의 친구들과 함께 논의할 수 있었다. 신기한 경험이
었다.

　맥스는 가족의 미술재단을 운영하는 동시에 연구 및 저서 활동을
했는데, 그런 만큼 나를 비롯한 주변 직장인들과는 다른 삶의 패턴을
가졌다. 일단 물리적으로나 시간적으로 자유롭다 보니 뉴욕에서 일어
나는 '아트 신'에 참여할 시간이 많았다. 낮 시간은 리서치와 저서 활
동에 할애하면서도, 소더비즈Sotheby's 옥션이 있을 때마다 프리뷰에 나
온 작품들을 분석하고 옥션에 활발히 참여하기도 했다. 한 달에만 수
십 개씩 있는 오프닝에도 친구들 그룹과 자주 참석했다. 오페라도 즐
겨서 링컨센터Lincoln Center에도 자주 출몰했으며, 주말에는 가족들이
살고 있는 코네티컷에서 시간을 보내기도 했다.

　맥스의 증조부는 미국 동부에서 리모트 콘트롤러를 발명한 저명
인사로, 산업 시대에 큰돈을 벌고, 그 돈으로 아들인 맥스의 조부를
시대의 교양인으로서 키웠다고 한다. 그 교육 덕분인지 맥스의 조부

맥스의 초대로 갔던 소더비즈의 긱 위크Geek Week 2022년 7월.
구부정한 자세의 바하마 햇을 쓴 사람이 맥스다.

는 프랑스 유학 중에 프랑스의 유명 조각가 알베르토 자코메티Alberto
Giacometti를 후원하게 되었고, 그 후에도 계속해서 재단을 설립하고 저
서 활동을 이어가는 미술 애호가가 되었다고 한다. 갤러리에서 우연
히 만난 친구와 그의 가족 이야기를 통해 미국 동부의 근현대사까지
체험하다 보니, 뉴욕만큼이나 다양한 기회를 제공해주는 도시는 없을
것 같다는 생각이 다시금 들기도 했다. 실제로 뉴욕에서 만난 친구들
이 많이 쓰는 표현이기도 했다. "뉴욕엔 즐거운 일이 너무나 많아!New
York has so much to offer."

비평과 큐레이션의 도시,
뉴욕

뉴욕이 미술시장의 중심이 된 이유

뉴욕에서는 자신의 아파트에 갤러리를 차리는 경우가 다수 있다. 워낙 렌트가 비싸기 때문에 단순 거주용으로만 사용하기보다 그 용도와 의미를 확장하는 것이다. 큐레이터 전영도 자신의 아파트를 갤러리로 꾸몄는데, 그의 갤러리를 보며 큐레토리얼curatorial의 기능과 중요성을 새삼 느낄 수 있었다.

19세기까지의 예술은 작가의 의도나 목적이 작품에 비교적 분명하게 드러나, 작품이 작가로부터 독립적으로 존재할 수 있었다. 하지만 현대 예술은 작품만 봐서는 작가의 의도나 작품의 의미를 충분히 파악하지 못하는 경우가 허다하다. 현대미술에서 큐레이터의 역할이 특별히 부각되는 이유도 그 때문이다. 큐레이터는 작가와 작품에 대한 연구와 기획을 통해 의미를 재부여하기도 하고, 작품을 즐기는 일반인들에게 작가의 의도와 목적을 조금이나마 근접하게 파악할 수 있는 기회를 제공한다.

전영으로부터는 정지연 미술 칼럼니스트를 소개받았는데 그는 뉴욕에서 이뤄지는 여러 '아트 신'의 동향을 한국 또는 세계 각지의 한인들에게 전달하고 있었다. 한 주에 오프닝이 100개씩 이뤄진다고 하는 뉴욕에서 너무나도 필요한 역할이었다.

방대한 양의 작품들이 마치 쏟아지듯 뉴욕으로 모여든다. 그런 만큼 화풍 또한 서울과는 비교할 수 없이 다양한데, 여러 인종·배경·사상의 작가와 소비가 있는 곳이니 당연한 결과다. 처음에는 이들의 작품에 압도되는 듯했지만, 다양한 작품을 계속해서 접하다 보니 내 관심이나 취향도 조금씩 넓어졌다. 그러면서 작가의 의도와 그러한 의도를 전달하기 위한 작품의 완성도, 작가의 성장성 등에 대한 전문가들의 견해가 궁금해졌다. 수없이 몰려드는 작품의 조류 속에서는 어떤 작품을 어떤 취지로 살펴야 하는지, 작품을 보면서 무엇을 찾아야 하는지에 대한 안내가 간절할 수밖에 없었다. 그런 의미에서 뉴욕에서의 시간은 작가와 애호가를 이어주는 큐레이터나 미술비평가의 필요성과 중요성을 새삼 느끼게 해줬다. 이런 큐레이션과 비평은 역사적으로 뉴욕이라는 도시가 세계 미술의 중심지가 되는 데 큰 몫을 하기도 했다.

잘 알다시피 세계 미술시장의 중심지가 항상 뉴욕이었던 것은 아니다. 미술시장의 중심지가 유럽에서 미국, 특히 뉴욕으로 넘어오게 된 데에는 세계 1, 2차 대전이 크게 한몫했다. 전쟁으로 위협을 느낀

유럽의 수많은 아티스트들과 부유층은 작품을 들고 미국을 포함한 다른 국가로 피신했다. 물론 뉴욕이 세계 미술의 중심이 된 데에는 이런 이유만 있었던 것은 아니다. 당시 뉴욕에서는 자체적인 미술 사조가 피어나고 있었고, 이런 미술 사조를 이끄는 새로운 집단의 아티스트들, 이들을 후원하는 사람들, 그리고 무엇보다 논의를 이끌어내는 미술비평가들이 자라고 있었다.

뉴욕 스쿨의 시작

당시 뉴욕을 중심으로 피어나던 사조는 추상표현주의Abstract Expressionism였다. 여기에는 여러 배경이 존재했는데, 먼저 미술비평가와 진보적인 컬렉터이자 후원가 등이 큰 역할을 했으며 동시에 당시 미국의 정치적 상황과 세계정세도 하나의 물레처럼 작용했다. 냉전 당시 미국 정부는 한없이 자유로워 보이는 가운데 형식적 절제미를 가진 추상표현주의가 미국이 표방하는 자유민주주의라는 이념을 효과적으로 대변할 수 있는 화풍이라고 판단했던 것 같다.

의도야 어떻든 뉴욕이 세계 미술사에서 추상표현주의를 탄생시키고 빛을 발하게 된 데에는 두 명의 미술비평가를 빼놓을 수 없다. 바로 클레멘트 그린버그Clement Greenberg와 해럴드 로젠버그Harold Rosenberg다.

그린버그는 미국에서 가장 잘 알려진 미술비평가 중 한 명으로 미술의 모더니즘을 정의한 사람으로도 유명하다. 동시에 그는 미국, 정확히는 뉴욕에서 부상한 추상표현주의를 세계 무대로 이끌어 낸 사람이기도 하다. 그는 선, 면, 그리고 색채로 이뤄진 형식의 순수함을 강조하며 추상표현주의 회화가 서양화의 가장 진보된 형태의 예술이라고 평가했다.

당대까지만 해도 유럽의 초기 모더니즘은 가장 진보적인 예술로 평가받았고 에두아르 마네Édouard Manet, 클로드 모네Claude Monet, 폴 세잔Paul Cézanne, 파블로 피카소Pablo Picasso 등이 이를 이끌었다. 이들 그림은 3차원의 세계를 그대로 재현해내기 급급했던 기존의 화풍에서 벗어나, 그림이 반드시 현실 세계를 재현할 필요가 없다는 기치하에 있었다. 이에 따라 명암이나 원근감 등을 무시하고 구상에 배경선contour line을 긋는 등의 시도를 하기도 했다.

그린버그에 따르면 이런 초기 모더니즘은 기존 화풍에 비해서는 훨씬 발전했지만, 여전히 3차원 세계의 일부를 그려내는 데에 멈춰 있을 뿐이었다. 한편 예술의 순수성을 강조했던 그의 미학론에 따르면, 외부 세계와는 단절된, 즉 캔버스에 외부 세계를 구현하지 않는 추상표현주의야말로 가장 진보된 미술 사조였다.

구체적으로 그린버그는 예술이 고유의 영역을 지키려면 그것이 다른 종류로 환원 불가능한 극한의 형태까지 가야한다고 주장했다. 즉 예술이라는 장르의 고유한 특징을 제외한 모든 것을 제거함으로써 예술은 그 '순수성'을 확보할 수 있다고 했다. 그는 작품이 외부 세계와 단절되어 색채, 선과 면의 조형미에 집중할수록 더욱 진보적인 화풍이라 평가한다. 회화는 회화다워야 하고 조각은 조각다워야 한다. 이런 그의 주장을 종합하면 진보된 회화는 엄격한 형식주의를 따르게 된다.

추상표현주의의 진보성을 다르게 풀어내던 사조도 있었다. 당대 그린버그와 쌍벽을 이루던 로젠버그가 대표적이다. 그는 주간지 《더 뉴요커The New Yorker》에서 미술비평을 맡고 있던 비평가였다. 예술을 행동action으로, 예술가를 행동가actor로, 그리고 캔버스는 예술가가 행동할 수 있는 공간arena로 지칭한 그의 표현은 아마 그가 남긴 가장 유명한 말일 것이다.

로젠버그는 예술을 색채, 선, 면 등으로 이뤄진 형식만이 아닌, 행동가인 예술가가 캔버스라는 공간에 풀어낸 하나의 '사건event'으로 설명했다. 그는 그림을 그리는 행위를 작가의 삶과 불가분의 관계로 파악했다.* 그가 볼 때 아티스트에게 예술이란 사회와 동떨어져서 고유한 위치를 지켜야 하는 것이 아니고 끊임없이 외부와 상호작용하는 것이었다. 무엇보다도 예술이란 형식의 순수함을 추구하며 남은 '결과물'이 아니고, 캔버스와 화가가 만나서 행한 '행동'이라고 정의했다.

특히 로젠버그의 의견이 가장 도드라지는 분야는 그가 직접 만든 표현이기도 한, '액션 페인팅Action Painting'이다. 액션 페인팅의 대표 작가에는 잭슨 폴록Jackson Pollock, 프란츠 클라인Franz Kline, 빌럼 더코닝Willem de Cooning, 리 크라스너Lee Kranser 등이 있는데, 이들 작품은 미국 추상표현주의의 대표적인 작품으로 꼽히지만, 그린버그가 강조한 순수한 형식주의만으로는 설명이 부족하다. 그런 의미에서 로젠버그가 정의한 예술은 "행동가인 예술가가 캔버스에 풀어낸 하나의 사건"이며, 이는 액션 페인팅을 가장 잘 설명해 주는 문장이다.

---

* The new artists used the canvas as "an arena in which to act" rather than as a place to produce an object. "What was to go on the canvas," he wrote, "was not a picture but an event"(https://www.artnews.com/artnews/news/top-ten-artnews-stories-not-a-picture-but-an-event-181/)

첨예한 대립에서 보완적 관계로

예술에 대한 정의만큼이나, 이 두 사람이 예술가와 사회와의 관계를 보는 입장도 상이하다. 이들에게 캔버스란 철저히 다른 원리를 따르고 있다. 그린버그에게 캔버스란 '예술이 그 고유 영역을 지켜야 하는 평면'으로서 폐쇄적인 공간이지만, 로젠버그에게 캔버스는 '장' 개념으로서 개방적이고 적극적인 의미를 내포한다. 전자는 그 내부로 미술을 제한하는 것에, 후자는 이를 통해 외부와 소통하고 '사건'을 만듦으로써 그에 뒤따르는 여러 결과를 도출하는 데에 목적이 있다. 따라서 로젠버그가 바라보는 추상표현주의는 미적인 것에 가치가 있는 것이 아니라 화가가 사용한 미디엄medium, 즉 매체와 외부 환경과의 소통, 그 과정에 있다. 예술은 매 시대의 정치, 사회, 경제 등과 영향을 주고받기에, 당시의 지배적인 이데올로기를 종합적으로 반영하며 변화한다. 그런 의미에서 동시대를 살아가는 작가들 역시 사회적 변화에 영향을 받을 수밖에 없다.

지난 2년 여간 팬데믹 시기를 거치며, 이 시간 동안 작가들이 느꼈던 외로움, 좌절감, 그리고 유토피아를 향한 동경 등은 많은 작품들의 주제가 되었다. 이렇듯 작가들은 사회의 한 일원으로서 자신을 둘러싸고 있는 사회 및 구성원과 영향을 주고받는다. 결국 예술이란 작가가 자신의 삶과 지배적인 생각을 창작물로 옮기는 행동이라는 점에서, 그린버그의 이론은 추상표현주의의 진보성을 설명하기에 충분하지 않아 보인다.

물론 조형미가 중요한 경우도 있다. 특히 한국에서 길게 유행하고 있는 단색화가 그렇다. 수양하는 마음으로 점, 선, 면을 반복적으로 그려내는 것인데, 미국에서도 마찬가지로 조형미에 완벽을 기하고, 수양하는 마음으로 같은 작업을 반복하는 작가들이 있다. 이는 그린버그의 형식적 순수성에 근거해 설명하기 수월할 것이다.

중요한 것은 그린버그와 로젠버그의 미술론을 단순히 형식을 중시하는 조형미술과 작가의 소통이 중요한 개념미술로 일도양단하기는 어렵다는 점이다. 따라서 다양한 미술론을 이해한 뒤 그림을 감상한다면 작품의 맥락이 더욱 구체화되는 경험을 할 수 있다.

개인적으로 이브 클랭Yves Klein을 좋아하는데, 클랭 블루Klein Blue라는 고유명사가 생길 만큼 특징적인 블루 컬러와 2차원 평면에서 드러나는 조형미가 아름답다. 클랭의 작품을 보고 조형미에서 아름다움을 느꼈다면 그린버그의 미술론으로 조금 더 쉽게 설명이 가능하다. 하지만 클랭의 작품은 동시에 로젠버그의 액션 패인팅이기도 하다. 말그대로 작가가 캔버스 위에서 '행동'을 하며 그려냈기 때문이다. 그러므로 그림을 감상하는 사람의 입장에서는 두 가지 미술론을 모두 떠올릴 수밖에 없다.

두 비평가의 평론이 양립 불가의 대척점에 서 있던 당시에만 해도, 다른 하나의 이론은 현대미술을 충분히 설명하지 못하는 취급을 받았다. 하지만 이제 현대미술은 두 이론만으로 설명하기에는 어려울 정도로 다양해졌고, 이에 서로를 보완적으로 설명해내는 사조도 생겼다. 이러나저러나 미국 미술의 새로운 사조였던 추상표현주의를 탄생시키고, 이런 사조를 세계의 주무대로 끌어올린 데에는 이들과 같은 미술비평가의 역할이 컸다.

그래도
MoMA

뉴욕의 문화를 상징하는 공간

한국은 인구 대비 해외로 나가 사는 사람들이 참 많다. 누구보다 성실하고 열심히 사는 민족성 때문인지, 미국 정부조직을 비롯해 여러 굵직한 조직에서 한인들을 심심치 않게 찾아볼 수 있다.

미술계도 마찬가지다. 외국에서 미술 교육을 받고 활동하는 한인 작가들은 인종적으로만 동양인일 뿐, 실상 여느 미국 작가들과 동등하게 겨루고 그 실력을 인정받는다. 미술기관에서도 한국인이라고 반드시 한국관을 맡거나 동양 미술을 설명하기 위해 고용되지 않는다. 뉴욕현대미술관The Museum of Modern Art, 이하 MoMA, 구겐하임미술관, 휘트니미술관Whitney Museum of American Art 등 뉴욕의 대표적인 미술관에서도 한인들을 어렵지 않게 만날 수 있다.

MoMA는 출장이나 여행으로 뉴욕에 갈 일이 있으면 짧게라도 꼭 들렀던 곳인데, 살면서는 더 자주 갔다. 당시 학생증으로 무료 입장이 가능한 것도 이유였지만, 도시 한가운데 위치해 있어서 접근성이 좋고 미술관 안에도 카페나 식당 등 다양한 시설들이 있어서 약속을 잡기에도 편했다. 이렇듯 뉴욕의 미술관은 도시와 뉴욕의 사람들 사이에 잘 녹아 있었다. 학교 친구 중에 미술을 좋아하는 친구와는 꼭 MoMA에서 약속을 잡아, 커피를 마셔도 야외 조각 정원에서 마시는 것을 즐겼다. 돌이켜 보건대, 참으로 사치스럽고 행복한 시간이었다.

MoMA에서는 매년 6월에 파티 인 더 가든Party in the Garden이라는 기부 행사 겸 파티가 1층 조각 정원에서 열린다. 이 행사는 뉴욕에서 만난 새로운 인연이자 MoMA의 기금모집 부서에 일하는인 레이첼Rachel의 제안으로 알게 되었는데, 뉴요커들에게 아름다운 시간을 선사하고 티켓 값은 기부금으로 활용한다. 파티는 저녁 식사와 그 이후 행사로 나뉘어 있는데, 저녁 식사의 경우 초대를 통해서만 프라이빗하게 이뤄지며 여기에는 뉴욕의 모든 소셜라이트socialite들이 집결한다. 2022년 6월 행사의 저녁 식사에는 마틴 스코세이지Martin Scorsese, 조지 루카스George Lucas 등의 영화감독을 비롯해 미술업계의 거물뿐만 아니라 배우들까지, 유명 인사가 대거 참석했다고 한다.

저녁 식사 이후 파티는 일정 금액 이상을 MoMA에 후원한 사람이라면 티켓을 구매해 입장할 수 있다. 그렇게 간 파티에서는 앤더슨 팩Anderson .Paak이 DJ로 와서 신이 나기도 했지만, 무엇보다 이 모든 행사가 MoMA에서 이뤄지고 있다는 사실이 꿈만 같았다. 알렉산더 콜더Alexander Calder와 피카소를 비롯해 다양한 작가들의 아름다운 조각품

아래에서 만취하는 시간을 즐겼다. 사실 그곳에 오는 사람들은 미술에 큰 관심이 있다기보다 도시 중심에서 이뤄지는 소셜 이벤트에 참여한다는 목적이 커 보였다. 하지만 이유가 어떻든 상관없었다. 모두가 음악과 장소를 흠뻑 즐기고 있는 것은 분명했다. 이렇듯 뉴욕의 대표적인 미술관이자 도시의 상징적인 공간인 MoMA는 뉴욕시민들에게 모임과 화합의 장이 되곤 했다. MoMA가 탄생하게 된 역사와도 궤를 같이하는 모습이었다.

미국 현대미술의 산실

MoMA를 처음 구상한 이는 애비 올드리치 록펠러Abby Aldrich Rockefeller로, 존 데이비슨 록펠러John Davison Rockefeller의 아들 주니어 존 데이비슨 록펠러John Davison Rockefeller Jr.의 부인이다. 그는 1913년 미국 최초의 국제 현대미술전에서 인상파, 야수파, 입체파, 다다이즘, 추상미술을 망라한 아모리쇼Armory Show를 본 후 현대미술의 매력에 빠지게 되었다. 이후 1925년부터는 유럽 모더니즘 작가의 작품들을 수집하는 동시에 조지아 오키프Georgia O'Keeffe, 막스 웨버Max Weber 같은 미국의 젊은 작가들의 작품 또한 수집하기 시작했는데, 이런 과정을 통해 그는 당대 미술계의 중요한 후원자로 발돋움하게 된다.

1928년경에는 록펠러 가의 9층짜리 저택 7층을 아르데코Art Déco 스타일의 응접실이자 갤러리로 꾸며 계속해서 늘어나는 자신의 컬렉션을 전시했다. 응접실에 전시되는 작품들은 정기적으로 교체되었는데 그 과정에서 자연스럽게 록펠러 가의 컬렉션을 선보이기도 했다. 이

기간 동안 애비의 컬렉션은 다른 컬렉터에게 영감이 되어, 당시의 상류사회에서는 그가 무슨 작품을 수집하고 전시하는지가 초미의 관심사였다고 한다. 한마디로 상류사회 현대미술 컬렉션의 트렌드 세터였던 것이다.

많은 사람들이 애비의 집을 방문하게 되면서 자연스럽게 그는 미술관 설립의 필요성을 느끼게 된다. 보다 많은 사람들이 현대미술을 감상할 수 있도록 공간을 제공하고자 한 것이다. 그렇게 1929년 설립한 미술관이 바로 'MoMA'다. 이 설립에는 친구들이자 미술 애호가인 릴리 블리스Lily Bliss와 메리 퀸 설리번Mary Quinn Sullivan이 함께했다. 블리스는 아모리쇼를 기획한 인물이기도 한데, 해마다 파리를 오가며 미술의 최신 동향을 흡수해 이를 미국에 전파하는 데 힘썼다. 설리번 역시 미술 애호가로 미술교사로 일하던 중 애비와 뜻을 함께해 MoMA 설립에 도움을 줬다고 한다.

남편인 록펠러 2세는 현대미술보다 전통 회화에 관심이 컸기 때문에 처음에만 해도 MoMA에 적극적인 지원을 하지 않았다. 때문에 애비는 직접 미술관 운영 기금도 조달해야 했으며, 주로 기업이나 뉴욕 상류사회 친구들로부터 지원을 받았다고 한다. 그러나 시간이 흘러 1939년 록펠러 2세는 저택을 미술관 부지로 제공했고, 이후 거액의 돈도 기부했다. 미술관은 현재까지 그 자리를 지키고 있으며 지난 2002년 현재의 모습으로 큰 규모의 리노베이션이 이뤄졌다.

현대미술을 삶 속으로 가져오다

MoMA와 관련해 주목해야 할 또 다른 인물이 바로 MoMA의 첫 관장 알프레드 해밀턴 바 주니어Alfred Hamilton Barr Jr.다. 그는 프린스턴대학교Princeton University를 거쳐 하버드대학교Harvard University에서 미술사 박사과정을 마친 후, 1926년 웰즐리 칼리지Wellesley College에서 미술사 조교수로 일을 시작했다. 그때 그는 처음으로 현대미술에 관한 과목을 만들고 가르쳤는데, 특히 독특한 교수법으로도 유명했다고 한다.

알프레드는 작품 자체만 공부할 것이 아니라, 해당 작품을 탄생시킨 작가의 예술적 원칙artistic discipline을 이해하는 것이 중요하며 이를 위해서는 작가를 둘러싸고 있는 문화를 읽어내야 한다고 봤다. 따라서 디자인, 건축, 영화, 조각 및 사진 등에 대한 이해가 뒷받침되어야 하며, 무엇보다 동시대에 일어나는 일에 대해서도 잘 알고 있어야 한다고 강조했다. 학생들에게 미국의 시사 잡지《배니티 페어Vanity Fair》와《더 뉴요커》등을 읽도록 한 것도 그 이유였다.

그러던 중 알프레드는 1929년 애비에 의해 MoMA의 첫 디렉터로 임명되었고, 1943년까지 긴 시간 동안 그 역할을 수행해냈다. 그의 디렉팅은 이후 MoMA가 명실상부한 현대미술관으로 굳건하게 자리 잡을 수 있는 기반이 되었다.

알프레드는 관장으로 임명되자마자 멀티 디파트멘털 프로젝트Multi-departmental Project라는 기치하에 다양한 미디엄과 분야를 포괄하는 전시를 기획했다. 당시 독일의 바우하우스 운동과 같은 급진적인 실험에 영향을 받아 미술, 건축, 디자인 분야를 아우르고자 한 종합적인 계획이었다. 이는 웰즐리 칼리지에서 학생을 가르칠 당시의 교수법과도 궤를 같이했다. 나아가 그는 미술관의 부서에 회화, 조각, 판화, 드로잉에 더해 상업미술, 산업미술, 디자인, 영화, 사진도 포함할 것을 제안했다. 그리고 이는 오늘날 MoMA가 많은 사람들의 찬사를 받는 또 하나의 이유가 되었다.

MoMA의 독보적 존재감은 소장 작품과 시대를 읽고 선도하는 통찰력 높은 큐레이션에만 있지 않다. MoMA의 디자인 하우스는 MoMA의 유명세를 더한다. 디자인 하우스에서는 책, 가구, 생활용품, 인테리어 소품 등 다양한 물건을 판매하는데, 그중 찰스 임스와 레이 임스Charles and Ray Eames가 디자인한 임스 라운지 체어는 특히 유명하다. 예술 작품과도 같은 의자를 집 안에 놓고 매일같이 이용함으로써 그야말로 예술이 깃든 라이프스타일을 추구하도록 한다. 이로써 알프레드가 구현하고자 했던 현대미술관의 멀티 디파트멘털 플랜Multi-departmental Plan의 정신이 계승되는 듯하다.

이렇게 MoMA는 새로운 미국 미술의 정체성을 확립하고, 현대미술이 뉴욕 사람들, 나아가 동시대 사람들 삶의 전반에 스며들도록 큰 역할을 했다.

끊임없는 다양성에 대한 모색
다양성은 당위인가 흐름인가

다양성을 위한, 다양성에 의한 도시

한 번이라도 미술기관에 몸담아 본 경험이 있는 사람들은 한목소리로 미술관 이사회trustee board의 중요성을 말한다. 미술관의 이사회는 미술관의 주요 의사결정에 참여함으로써, 한 해 운영예산을 심의 및 의결하고 산하 위원회에서 작품을 취득하고 처분하는 투자 관련 의사결정을 하고, 주요 인사 업무를 담당한다. 운용사로 따지면 투자대상의 취득, 보유 및 처분 등과 관련된 투자 포트폴리오를 운용하는 역할로, 키맨Key Men에 해당한다. 규모가 큰 기관일수록 작품을 취득하고 처분하는 기준, 이사회 각 구성원과의 이해관계에 따른 상충을 피하기 위한 내부 통제 규정 등이 탄탄하게 마련되어 있는 편이다.

이런 이사회는 예술의 조예가 깊은 사람들로 구성되는 것이 타당해 보이고 실제로 그런 사람들이 멤버로 포함된다. 하지만 미술기관 역시 자본이 중요하기 때문에 기관 운영에 필요한 자본을 충분히 끌어올 수 있는 재계 인사들이 포함되는 경우도 다수 있다. 사모펀드 회사 MBK 파트너스의 김병주 회장 역시 지난 2017년부터 메트로폴리탄미술관The Metropolitan Museum of Art, 이하 MET의 이사회 멤버가 되었는데, 지난 2022년 9월 MET에 미화 1,000만 달러를 기부해 화제가 되기도 했다. 문제는 예술에 조예가 깊고 명예가 있는 사람 중에는 양질의 교육을 받은 백인 남성이 많고 자본력이 있는 재계 인사 또한 백인 남성이 대부분이라는 점이다. 그래서 이사회 구성원은 대체로 백인 남성이라고 한다.

하지만 이제 다양성은 시대의 명제가 되었고, 미술기관 또한 이런 가치 기준을 바탕으로 기관을 운영하고자 한다. 그런 점에서 이사회 구성원 대부분이 백인 남성인 것은 비판의 시선을 피해 가기 어려워 보인다. 백인 남성이라는 특성상 태생적으로 소수자로서의 사고가 가능하지 않을 것이라는 우려 때문이다. 특히 다양성으로 가득 찬 뉴욕에서는 이런 대조가 더욱 뚜렷하게 드러나 많은 미술시장 사람들에게 반작용으로 작용하는 듯하다. 일례로 컬럼비아대학교의 큐레토리얼 학과에는 안티 인스티튜션 큐레토리얼Anti-institution Curatorial이라는 수업이 있을 정도다.

특히 세계적 사모펀드 운용사인 아폴로 글로벌 매니지먼트Apollo Global Management의 공동 창업자이자 MoMA의 이사회 의장을 맡았던 레온 블랙Leon Black은 지난 2021년 부적절한 행위로 사회적 논란에 휩싸였고 결국 사회적 뭇매를 맞다가 이내 사임했다. 그의 안목이 문제

로어이스트사이드에 위치한
어느 갤러리의 전시 오프닝을
보기 위해 모여 있는 사람들

가 된 사안은 아니었으나, 예술과는 꽤 다른 길을 걸어왔을 것 같은 인물이 왜 미술사적으로도 중요한 MoMA의 이사회 의장까지 맡아야 하는지 근본적인 비판이 일기도 했다.

물론 이런 비판의 목소리가 점점 커지고, 다양성에 대해 그 어느 때보다 높은 경각심을 요구하는 시대정신에 따라 이제는 이사회 멤버의 구성도 다양해지고 있는 추세다. 2022년 11월에는 구겐하임미술관의 이사회 멤버로 한국의 갤러리 대표가 선임되어 미술시장에서 큰 뉴스가 되기도 했다.

이렇듯 뉴욕에서 보낸 2년 남짓은 뉴욕 미술시장의 트렌드를 느끼기에는 부족하지 않은 시간이었다. 지난 수십 년간 다양성이 화두였던 만큼 티에스터 게이츠Theaster Gates를 주축으로 한 민중미술이 주목을 받았고, 에텔 아드난Etel Adnan이나 카르멘 헤레라Carmen Herrera 등의 유색 여성 작가의 활동도 두드러졌다. 또한 젊은 여성이나 흑인 작가의 성장도 느껴졌다. 2022년 초 휘트니미술관에서는 1984년생 흑인 여성 작가 제니퍼 패커Jennifer Packer의 특별전이, 뉴뮤지엄New Museum에서는 페이스 링골드Faith Ringgold라는 입지전적인 흑인 여성 작가의 전시가 진행 중이었다.

하지만 다양성이라는 기치 아래, 내로라하는 미술기관들은 어찌 보면 하나같이 유사한 목소리를 내고 있었다. 이런 행보가 오히려 다양성을 상실시키는 것이 아닌지, 약간 모순적으로 느껴지기도 했다. 그러나 당연히 조명받았어야 했던 작가들이 주목받을 수 있다는 점에서는 충분히 의미 있는 변화다.

더 나아가 부티크 갤러리나, 비교적 소규모의 갤러리에서는 보다 다양한 목소리와 가치를 담고자 노력하고 있었다. 차이나타운에 위치한 헨리 스트리트Henry Street에는 작게는 세 평에서 십여 평 정도 되는 갤러리들이 다닥다닥 들어서 있다. 이곳의 작품 소개artist statement는 정말 편하게 작성되어 있어서 동네 친구가 쓴 일기를 보는 느낌마저 들었다. 그래도 갤러리인 만큼 상업적인 작품들이 주를 이뤘는데, 뉴욕은 미술 소비층이 다양하기 때문에 이런 갤러리들도 잘 운영되는 듯했다.

다양한 목소리들

실제 거주하는 아파트 공간을 갤러리로 활용하는 경우도 더러 있다. 이런 아파트 갤러리는 여타 일반 갤러리가 줄 수 없는 특별한 경험을 제공한다.

아파트 갤러리도 어디까지나 갤러리이기 때문에 전시 작품의 판매가 그 주된 목적이겠지만, 아파트 갤러리의 디렉팅은 주로 작가가 작품을 구상하게 된 개인적이고 사회적인 담론을 논의하기 위한 장을 만들려는 목적이 커보인다. 특히 아파트 갤러리에서는 작가들 역시 보다 실험적인 작품을 소개하며, 이를 대중과 동료 작가들로부터 평가받는 기회로 삼는다. 물론 대중이라고 하기에는 특정 집단의 사람들로 구성되어 있지만, 다수의 의견을 한 자리에서 들을 수 있다는 점에 의미가 있다. 내가 경험한 아파트 갤러리는 영리를 추구하기보다 작가는 소통을 하고, 큐레이터는 미술계의 다양한 목소리를 전달하려는 목적이 커 보였다.

미술계에서 이처럼 다양한 목소리를 내려는 시도는 물론 꾸준히 있어 왔다. 미술사를 돌아보면 주류라고 불리는 흐름과 시대를 함께하며 다양한 목소리를 내는 집단이 항상 있어 왔고, 시간이 지나 이데올로기가 바뀌면 진보적인 목소리를 내던 집단이 새로운 주류가 되는 변증법적인 구조를 띠었다. 하지만 글로만 보던 이런 변화를 실제 살고 있는 도시와 그 구성원들로부터 체험하고, 그 움직임의 일부가 되었던 것은 뉴욕이 아니었다면 경험하기 어려웠을 것이다. 특히, 디지털 아날로그 Digital Analog라는 단체, 그리고 전영 큐레이터가 운영하는 아파트 갤러리의 큐레이션을 통해 그러한 다층적인 경험을 할 수 있었다.

디지털 아날로그라는 집단은 이름 그대로 디지털과 아날로그의 접점을 찾는 예술 활동 그룹이다. 디지털이라는 수단을 이용하기는 하지만, 전통적인 회화나 음악이라는 형태를 통해 예술을 공유하는 집단으로, 디지털 미디어를 통해 작품을 즐기는 NFT_{Non-fungible Token}와는 구별된다. 활동하는 사람들의 면모를 봐도 아날로그적 감성이 묻어난다.

음악을 하는 친구들은 대체로 코딩을 이용해서 음악을 만드는데, 이때 음악은 반드시 멜로디가 있는 것은 아니고 디지털 도구를 통해서 낼 수 있는 다양한 사운드를 실험하는 것에 가까워 음악의 본질이 무엇이었는지 떠올리게 한다. 이런 콘서트는 소위 '힙hip'하면서도 동시에 '너디nerdy'한 공간을 무대로 삼아, 브루클린의 창고를 개조한 콘서트홀이나 회계사로 가득 차 있을 법한 미드타운의 옛 건물에서 열리기도 한다.

친구 전영이 이끄는 아파트 갤러리에서는 특히나 작가 소피 코벨Sophie Kovel의 전시가 인상 깊었다. 그 역시 개념미술을 하는 작가였는데, 설치 작품을 통해 권력기관과 매스미디어가 어떻게 우리의 사고를 지배하는지를 시각화했다. 그는 기관이 주도하는 미술비평이나 트렌드에 반감을 가지기 시작하는 사람들이 많아져서 더 다양한 목소리와 이러한 목소리를 전달하기 위한 작품들이 등장하는 시기라고 했다.

자신의 작품 앞에 선 작가 소피 코벨

뉴욕의 갤러리들
창고에서 메이저 갤러리까지

저마다의 분위기를 내뿜는 갤러리들

뉴욕에만 1,000여 개의 갤러리가 있다고 한다. 그중에는 1970~
1990년대에 성장한 뉴욕발 데이비드 즈워너, 페이스Pace, 거고지언과
런던발 리슨Lisson, 하우저앤워스 등 굵직한 메이저 갤러리들이 있다.
이들 갤러리에는 데이미언 허스트Damien Hirst, 조지 콘도, 제프 쿤스Jeff
Koons 등 미술에 특별한 관심이 없어도 교과서나 뉴스, 광고에서 봤을
법한 스타 작가들이 소속되어 있다. 이미 스타가 된 중견 작가, 대중적
으로는 생소해도 미술 분야에서는 스타성 있다고 평가받는 작가, 스
타성과 성장성 모두 높은 신진 작가가 대거 소속되어 있는 만큼 자연
히 가격대도 높게 형성되어 있다.

이제는 서울도 어엿한 세계 미술시장의 중심지 중 한 곳이 되어, 상

당수의 메이저 갤러리들이 서울에 그 지점을 냈다. 하지만 이들 갤러리는 공간이나 건물 그 자체로 하나의 예술 작품인 경우가 많아서 직접 뉴욕의 첼시, 어퍼이스트사이드나 로어이스트사이드까지 찾아갈 이유는 충분하다. 게다가 정기적으로 훌륭한 작가들의 작품을 공짜로 볼 수 있다니 굉장한 기회인 것만은 확실하다. 전시를 꾸준히 보는 과정에서 완성도 높은 그림을 파악하거나 미술시장의 트렌드를 살피는 안목이 생기기도 한다. 전시가 한 달 반에서 두 달 주기로 바뀌기 때문에, 문득 생각날 때쯤 주말 등을 이용해 새로운 전시회를 정기적으로 둘러보기에 좋다.

첼시가 처음부터 메이저 갤러리의 메카였던 것은 아니다. 시작은 어퍼이스트사이드에 속하는 이스트 57번가였다. 1970년대에 어퍼이스트사이드에 자리를 잡은 레오 카스텔리Leo Castelli 이후, 메리언 굿맨Marian Goodman 등 현재까지 잘 알려진 갤러리스트들은 모두 이곳에서 시작했다. 그중 레오 카스텔리는 현재의 갤러리와 전속 작가 개념을 도입한 첫 갤러리스트로서, 갤러리스트의 오랜 역사에서 볼 때 모던한 의미에서의 1세대 갤러리스트로 묘사된다.

그 후 조금 더 기업형 성격을 띄는 2세대 갤러리스트가 등장하는데, 바로 레오 카스텔리가 신뢰하는 동시에 경계하던 로런스 길버트 거고지언Lawrence Gilbert Gagosian, 일명 래리Larry 거고지언이다. 그는 갤러리의 중심지를 어퍼이스트사이드에서 첼시로 옮겨가게 한 장본인이기도 하다. 창고형 갤러리를 찾던 그는 당시에는 가격이 싼 첼시 지역에 창고 크기의 커다란 갤러리를 만들었고, 이후 뉴욕에 오픈하는 갤러리들이 첼시에 자리를 잡게 하는 트렌드를 만들었다고 한다.

첼시에서는 그야말로 미국식 자본주의를 느낄 수 있다. 건물의 규모, 전시 횟수, 청결도, 관리 인원 등 하드웨어적인 면에서도 그렇지만 무엇보다 내로라 하는 세계적인 작가들이 이들 갤러리의 전속 작가들로 포진해 있다. 조지 콘도, 데이비트 호크니David Hockney, 쿠사마 야요이Kusama Yayoi, 이우환 등의 내로라하는 스타 작가들 말이다. 그래서 1950~60년대부터 갤러리를 운영해 오고 있는 곳은 어퍼이스트사이드에도 갤러리를 하나씩 두고 있는 것이 특징이다.

첼시에 위치한 메이저 갤러리로는 리슨, 하우저앤워스, 페이스, 거고지언, 데이비드 즈워너, 리만 머핀Lehmann Maupin 등 정말 많다. 어퍼이스트사이드에는 거고지언*, 비너스 오버 맨해튼Venus over Manhattan, 메리언 굿맨 갤러리, 스카스태드Skarstedt, 아쿠아벨라Acquavella, 글래드스톤Gladstone 등이 있다. 어퍼이스트에서 로어이스트사이드로 이전한 페로탕 갤러리는 〈그랜드 부다페스트 호텔〉에 나오는 호텔처럼 레트로한 외관이 특징이다. 이외에도 로어이스트사이드에는 카르마Karma 갤러리, 하프Half 갤러리, 헨리 스트리트에 위치한 노 갤러리No Gallery, 56 헨리56 HENRY 등이 있다.

한편, 소호에는 PPOWPenny Pilkington and Wendy Olsoff, 캐나다Canada 갤러리뿐만 아니라 헌터 칼리지Hunter College 지척에 다양한 졸업 작품들을 볼 수 있는 갤러리들이 모여 있다. 윌리엄스버그Williamsburg에도 클리어링Clearing, 카발호 파크Carvalho Park, 더저널The Journal 갤러리 등의 갤러리가 위치해 있다 .

• 거고지언은 뉴욕 맨하탄에만 네 개의 갤러리를 두고 있다.

비교적 젊은 작가들의 작품
첼시와 소호 사이의 어느 지하철역의 타일

로어이스트사이드의 갤러리들에서는 비교적 젊은 작가들의 작품을 주로 전시하기 때문에, 작가들의 친구들이 대거 놀러 오는 분위기다. 그래서인지 오프닝이 있는 저녁이면 갤러리 앞 도로가 문전성시로 붐비고, 힙하기 이를 데 없는 젊은이들이 그 앞에 떼를 이뤄 모여 있다. 어나더 플레이스Another Place 또한 그런 갤러리다. 하루는 시카고를 기반으로 활동하는 한인 여성 작가 사라 리Sarah Lee의 오프닝에 참석하기 위해 어나더 플레이스에 간 날이었다. 지하철역에서 나와 걸어가는데 조용한 분위기에 고즈넉한 동네라는 생각이 들었다. 그런데 그 찰나 수십 명의 사람들이 한 골목에 웅성웅성 모여 있는 것이 아닌가. 알고 보니 갤러리 오프닝에서 작가를 축하하기 위해 온 친구들과

뉴욕의 갤러리들

그 친구들의 친구들 무리였다.

이렇게 뉴욕이나 미국 동부를 베이스로 활동하는 젊은 작가들의 경우 오프닝이 있는 저녁에는 그 길거리까지 떠들썩한 편이다. 이종원 갤러리스트의 갤러리인 스페이스 776 Space 776의 오프닝에도 몇 차례 방문했었는데, 오프닝에 온 사람들을 통해 그 작가가 어느 국가, 도시를 기반으로 활동하는지 알 수 있다.

로어이스트사이드에서 조금 더 내려오면 요새 뜨는 거리인 헨리 스트리트라는 곳이 나오는데, 한 평짜리 갤러리도 많고 보다 더 날것의 감성을 느낄 수 있다. 나도 경험하지 못한 어쩌면 1990년대 뉴욕의 모습을 그대로 간직하고 있는 곳이다.

뉴욕이 사랑하는 브루클린

브루클린은 내 미술 경험에서 자연스럽게 또 다른 챕터를 열어준 장소다. 맨해튼에서 가깝고도 먼 이곳은 알면 알수록 맨해튼과는 또 다른 매력으로 넘쳐난다. 브루클린을 두고는 돈 많은 미국 중서부 사람들이 뉴욕에는 오고 싶지만, 중서부의 칠chill한 라이프스타일을 포기하지 못해 만든 인위적인 지역이라는 평도 있다. 맨해튼 사람들이 하는 이야기인데, 일정 부분 맞고도 틀리다. 브루클린은 그보다는 훨씬 다양한 문화를 포용하는 분위기라는 점에서는 틀리지만, 생각보다 백인 인구가 많고 다양한 인종이 한데 섞여 살기보다 인종에 따라 거주 지역이 꽤나 뚜렷하게 나뉜다는 점에서는 맞다.

브루클린에 대한 평가가 어떻든, 분명 브루클린은 나에게 새로운

세련된 외관을 자랑하는 아만트 파운데이션의 모습

'아트 신'의 지평을 열어준 곳이다. 이곳의 '아트 신'은 더 날것 그대로의 모습이다. 일단 창고와 공장이 많아서인지 많은 갤러리 건물들이 이런 창고나 공장을 토대로 재건축되거나 재개발되어 길거리나 외양부터 느낌이 다르다. 게다가 표지가 잘 없고, 주소도 잘 써 있지 않기 때문에 넋 놓고 걷다 보면 놓치기 십상이다.

이스트 윌리엄스버그에서부터 부시윅Bushwick으로 넘어가는 동네에는 쿨한 갤러리와 작가들의 스튜디오가 많은데, 작가들의 스튜디오는 정말 허름하기 이를 데 없다. 100년은 족히 되었고, 그 후 한 번도 보수의 손길을 거치지 않은 것 같은 외관이다. 그러나 창조적 열정으로 생기만큼은 넘친다. 스웨트 숍sweat shop*이었을테니 창문이 상당히 큰데, 밤에 이곳을 지날 때면 커다란 창문 밖으로 오색의 불빛이 새어 나온다. 십중팔구 작가들이 친구들과 즐거운 시간을 보내는 중일 것이다.

브루클린에서 단연 많이 간 곳은 카발호 파크 갤러리다. 펜데믹 당시 닫았던 기간을 제외하면 거의 모든 오프닝에 참석했다. 이미 본 전시라도 주말에 그 동네에서 시간을 보낼 때면 박세윤 작가나 그의 파트너 제니퍼 카발호Jennifer Carvalho와 그냥 수다를 떨러 들른 적도 많다. 그때마다 갤러리 공간 옆의 작가 스튜디오나 살롱 공간의 변화를 보는 것도 쏠쏠한 재미였다. 자주 찾는 만큼 많은 대화를 나누면서 갤러리 운영 일상에 대한 이야기도 들을 기회가 많았다. 런던에 거주하고 있는 갤러리 소속 작가와의 작품 방향 논의차 런던을 방문할 계획이라는 등 갤러리와 소속 작가 간의 관계, 그들의 관리나 향후 계획 등에 대해서 간접적으로나마 보고 들을 수 있는 귀중한 시간이었다.

창고의 매력

카발호 파크 갤러리 근처에는 아만트 파운데이션Amant Foundation이라는 예술재단이 하나 있다. 일단 건물 외관부터 눈에 띄는데, 동네와 잘 어우러지는 듯하면서도 굉장히 세련됐다는 점에서 독보적이다.

---

* 스웨트 숍이란 열악한 환경에서 저임금을 받으며 일하는 작업장을 일컫는데, 뉴욕의 스웨트 숍은 큰 창문을 가진 것이 특징이다. 업무 중에 밖에 나가 충분히 쉼을 갖지 못하더라도 창문을 통해 들어오는 햇빛으로 비타민 D를 섭취하라는 취지였던 것으로 이해된다.

이곳은 세계적인 아트 컬렉터이자 MoMA의 이사회 임원이기도 한 론티 에버스Lonti Ebers가 만든 곳이다. 그는 세계적인 부동산 자산운용사 브룩필드Brookfield의 오너 브루스 플랫Bruce Flatt의 부인으로도 유명하다.

2021년 말 처음 방문했을 당시에는 갈라 포라스 김Gala Porras-Kim•이라는 콜롬비아 출신 한인 여성 작가의 작품이 전시 중이었다. 그는 유물의 목적이나 의도와는 무관하게 보존이나 복원이 미술기관의 결정에 따라 이뤄지는 것에 의문을 제기하면서, 유물 분류법에 대한 학문과 미술을 결합한 작가다. 주요 미술기관의 편협성을 폭로하고,

---

•   그의 작품은 2023년 국립현대미술관과 리움미술관에서도 전시되었다.

내가 좋아해마지 않던 브루클린 창고의 모습

동시에 폭력성에 관한 의문을 제기하는 안티 인스티튜셔널리즘anti-institutionalism과 궤를 같이한다.

한편 카발호 파크 갤러리 근처에는 클리어링 갤러리도 있는데, 처음 이곳을 방문했을 때는 입구를 찾기 어려워 세 블록을 뺑뺑 돌았던 기억이 난다. 이곳은 브루클린에서 시작해 현재는 전 세계 세 곳에나 지점을 낸 소위 잘나가는 갤러리 중 한 곳이다.

내가 브루클린을 좋아하는 데에는 '최애' 이벤트 홀 아방 가드너 Avant Gardner도 한몫을 했다. 이스트 윌리엄스버그에 있는 이곳 역시 커다란 물류 창고를 개조해서 만들었는데, 개조라는 말이 어색할 정도로 크게 손대지 않은 날것의 느낌이다. 위치상으로도 창고들이 모여있는 한가운데 있어 도대체 누가 올까 싶지만, 있는 그대로의 모습이 나에게는 매력으로 다가왔다. 처음에는 한적했던 창고 공간은 콘서트가 시작하고 한 시간 정도가 흐르면, 삼삼오오 어딘가에서 나타난 사람들로 순식간에 북적인다. 조용하게 집결해서 신나게 놀고, 집에 갈 때도 신속하고 차분하게 어디론가 사라진다.

이처럼 묘한 매력의 브루클린은 누구든 한 번 보면 빠질 수밖에 없다. 친구들은 창고만 지나가면 흥미진진해하는 나를 보고 신기해하지만, 그때마다 내가 해줄 수 있는 답은 하나다. "왠지 창고를 보면 흥분된다Warehouse somehow turns me on."

이렇듯 2년 남짓한 뉴욕 생활은 팬데믹 시기를 감안한다면 꽤나 다이내믹하고 풍성했다. 오히려 팬데믹으로 뉴욕에 거주하는 사람들 간의 관계는 더욱 돈독해졌다는 생각마저 든다. 그래서 그곳에서 만난이들의 이야기를 다른 사람들에게도 들려주고 싶었다. 쉽게는 블로그나 유튜브 등도 생각해 봤지만, 나에게 가장 편하고 손에 잡히는 미디어는 '책'이었다.

이런 생각에 이르자 나는 주저 없이 목차를 잡고 뉴욕에서 들은 다채로운 이야기들을 정리하기 시작했다. 그리고 그들의 생각과 색채를 가능한 생생하게, 그들의 어투로 전달하기 위해 인터뷰 형식을 활용하기로 했다. 이제부터는 뉴욕에서 만난 한인 예술가들, 그들의 목소리를 직접 들어볼 시간이다.

2장

뉴욕에서 만나다

우리 모두는 어둠과 빛을 통해
성장한다, 나무처럼

아티스트 및 갤러리스트 박세윤
@ Carvalho Park Gallery

인터뷰에 앞서

삶은 좋은 시기와 힘든 시기의 비규칙적 연속이다. 삶에서 어둠은 언제 찾아올지 예상하기 어렵다. 그러니 몰려오는 먹구름을 미리 보지 못하고 이미 어두워진 후에야 어둠을 인지했다면 힘든 시기를 견디는 수밖에 없다. 심적으로 아무런 준비 없이 맞은 어둠은 생각보다 훨씬 더 깊게 마련이다. 이때 우리는 몸을 납작 엎드리고 더 큰 화로 번지지 않게 몸을 사리거나, 나와 유사한 어려움을 겪었을 사람들로부터 조언을 들어보는 등 나름의 방법을 찾게 된다.

박세윤 작가는 본인의 짧지만 깊이 어두웠던 시기를 조각이라는 예술 활동을 통해 마주하고 이겨냈다. 그의 작품의 많은 소재는 '나무'다. 실제 조각 작품의 재료를 나무로 삼은 것은 아니고, 빛과 어둠 모두를 통한 성장을 보여주기에 나무야말로 가장 적합한 대상이었기 때문이다. 이런 설명을 듣고 작품을 보면 작가로서의 박세윤의 탄생과 성장이 녹아 있는 것 같아 조각품이 더욱 아름답게 보인다.

각자의 어둠은 그 정도에 있어 다를 수 있고, 감내하는 그릇의 크기나 성향이 다를 수도 있지만, 이는 인간의 보편적인 감정이다. 그런 의미에서 성장을 위해 빛과 어둠 모두가 필요하다는 작품의 메시지는 어두운 시기를 보내고 있을 사람들에게는 위안이 되고, 좋은 시기를 보내고 있는 사람들에게는 매사에 겸손해야 한다는 교훈을 준다. 이렇듯 작품에 내 자신을 연결 지을 수 있기에, 사람들은 예술품으로부터 위안받고 이를 소장하는 것이 아닐까.

개인적으로 나에게 2022년 하반기와 2023년 상반기는 참 어두웠다. 그래서인지 2022년 초와 폭풍을 겪고 난 이후인 2023년 2월에 다시 찾아본 작품과 그 설명은 다르게 다가왔다. 작품 하나하나에 자신의 지난 세월과 못 다한 말이 담겨 있어, 작품을 감상하는 입장에서도 더 크게 와닿았고 큰 애착과 공감이 느껴졌다.

박세윤 작가를 처음 알게 된 것은 그가 한국의 어느 매체와 진행한 인터뷰를 통해서였다. 그는 뉴욕에서 조각가로 활동 중인 동시에 본인의 이름을 걸고 갤러리를 운영하는 독특한 이력의 소유자다. 그가 운영하는 카발호 파크 갤러리를 찾아보니 소속 작가와 전시 작품 선정에서 분명한 색깔과 기획력이 돋보였다. 이를 직접 보고 느끼고 싶어 봄이 언뜻 느껴지는 2월 마지막 주말, 그의 갤러리가 위치한 이스트 윌리엄스버그를 찾았다.

이스트 윌리엄스버그에서 약간 동쪽으로 가면 나오는 부시윅이라는 동네는 젊은 신진 작가들이 많이들 살며 작업하는 곳으로도 유명한데, 전반적으로 젊고 개성 있는 분위기가 느껴진다. 관광지로도 잘 알려진 웨스트 윌리엄스버그는 이미 어느 정도 개발이 끝나 깔끔한 분위기인 데 비해, 이곳은 아직 '날것'의 공장 지대에 가까웠던 2000년대 또는 그 이전의 매력을 간직하고 있다.

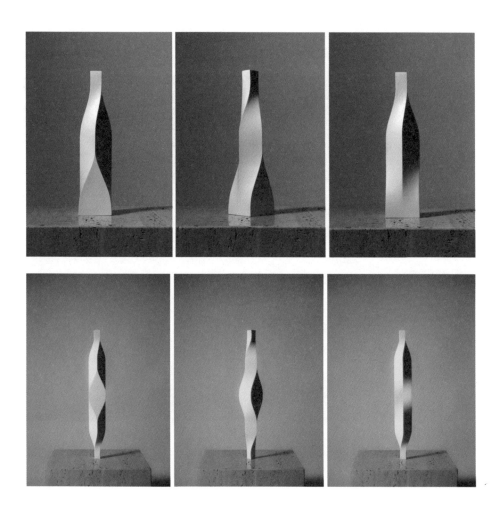

작품의 근간을 이루는 작가의 자화상인 〈빛과 어둠Light and Darkness〉은
70%의 빛과 30%의 어둠으로 이루어져 있다.

작가의 부모님에 대한 고마움과 그 고마움으로 이루어낸 꿈에 대한
이야기를 담은 〈뿌리와 날개Roots and Wing〉 전시

박세윤 작가와 제니퍼 카발호 큐레이터가 각자의 이름을 따서 공동 설립한 카발호 파크 갤러리.

공장 벽면을 한가득 차지하고 있는 그래피티를 몇 개나 지났을까, 모퉁이를 돌자 세련되고 차분한 색감의 카발호 파크 갤러리 입구가 모습을 드러냈다. 박세윤 작가 설명에 따르면, 코로나19 이전에는 갤러리 근처 버려진 공장 건물에서 단속을 피해 불법 디스코 파티가 많이 열렸다고 한다. 그리고 최근에도 콘서트나 브랜드 론칭 파티 등이 공장 건물에서 진행된다고 하니, 다소 차분해 보였던 낮 시간대의 풍경과 저녁 시간은 사뭇 다른 듯하다. 해가 어둑어둑해지면 어디선가 몰려든 사람들로 시끌벅적해지는 것이 신기하다.

카발호 파크는 박세윤 작가와 파트너인 제니퍼 카발호 큐레이터가 각자의 이름을 따서 공동 설립 및 운영 중인 갤러리다. 갤러리 내부는 전체적으로 흰색 벽을 사용했고, 자연 채광이 주는 느낌이 널찍한 공간에 멋스럽게 배어 있다. 카발호 파크는 이런 갤러리 공간과 잘 어우러질 수 있는 대형 작품 위주의 전시를 한다고 한다.

최근에는 브루클린 태생 작가 브라이언 라티너Brian Rattiner와 독일 작가 막시밀리안 로델Maximilian Rödel의 전시가 열렸다. 두 전시를 모두 본 입장에서 갤러리의 공간, 자연 채광, 작품이라는 삼박자가 아름답고 섬세하게 어우러지는 것을 느꼈다. 작품 소개와 설명은 대체로 제니퍼의 안내로 이뤄지는데, 그의 설명에서는 갤러리 소속의 전시 작가와 작품에 대한 깊은 애정이 그대로 전해진다.

한편 갤러리 뒤편은 별도의 공간과 작업실로 이어지는 구조다. 갤러리가 확장을 준비 중인 기간에 방문한 덕분에 공간이 정리되는 모습을 실시간으로 볼 수 있었다. 처음 방문했을 때만 해도 창고같이 어수선했던 공간은 나중에 말끔하게 치워져 살롱salon으로 만들어질 준비를 마친 상태였다. 그야말로 살아 있는 갤러리를 보는 기분이었다.

이후 나타나는 박세윤 작가의 작업실은 영화 촬영 세트장을 방불케 할 정도로 완벽하고 청결하게 세팅되어 있었다. 실제 작업이 이뤄지는 작업실이라고는 상상하기 어려웠다. 수십 개의 조각 도구들이 벽면에 한 치의 오차 없이 정렬되어 있었고, 작업복마저 티끌 하나 없는 자태로 걸려 있었다. 그는 작업 전후 최소 한 시간을 작업실 정리와 청소에 할애한다고 한다. 그 스스로 병적일 수 있다고 농담처럼 이야기했지만, 이런 정리 습관은 그가 오랜 기간 건축가로서 일하면서 체화된 것이다. 그는 작가로 전향하기 이전 10여 년간 유명 건축회사 소속 건축가로서 활동했다.

인터뷰는 박세윤 작가의 스튜디오에서 5분가량 떨어져 있는 '카르

건축가 시절의 정갈한 정리벽이 반영된 박세윤 작가의 작업실

타고는 함락되어야 한다Carthage Must Be Destroyed'라는 이름의 카페에서 진행했다. 이스트 윌리엄스버그의 카페답게 공장을 개조한 그곳은 위트 있는 이름만큼이나 멋스럽고 자유로운 분위기로 가득했다. 카페로 향하는 길에는 공장과 공사 현장이 쭉 이어져 있었는데, 이에 대한 그의 설명을 듣다 보니 앞으로 이곳의 모습이 머릿속에 그려졌다. 이런 개발이 계속되면 채 10년도 되기 전에 덤보Dumbo와 같이 새로운 모습으로 탈바꿈할 것 같다. 하지만 이런 생각 끝에 들어선 카페는 정작 도시 개발은 남의 이야기라는 듯, 오후 4시에 무심하게 문을 닫는다고 한다. 카페 주인의 여유로움에 감탄하며 인터뷰를 시작했다.

1. 본인의 직업을 간략하게 소개해 달라.

조각가이자 브루클린 이스트 윌리엄스버그에 위치한 '카발호 파크'라는 젊은 갤러리를 파트너와 함께 공동 운영하고 있는 박세윤이다.

2. 현재의 직업을 선택하게 된 계기는?

건축학 학사 및 석사를 거쳐 건축가를 첫 직업으로 가졌다. 어릴 적부터 건축가가 꿈이기도 했고 실제로도 굉장히 매력적이고 보람 있는 직업이었다. 운이 좋게도 개인적으로 가장 존경하는 건축가 렘 콜하스Rem Koolhaas*가 이끄는 OMAOffice for Metropolitan Architecture를 거쳐 BIGBjarke Ingels Group, REXRe-appraisal of Architecture Ramus와 같은 OMA 출

• 네덜린드의 건축가. 기자 및 시나리오 작가로 활동하다가 영국 런던의 건축협회학교(AA School)에서 건축을 공부했다. 그가 소장으로 있는 설계사무소 OMA는 특정한 흐름이나 양식에 의지하는 기술적인 건축을 넘어 생각하는 건축을 지향한다.

신들이 설립한 건축 회사에서 배움을 이어나갔다.

이후 독립하기로 결정하고, 2014년부터는 뉴욕에서 독립 건축 디자인 회사를 운영했다. 하지만 갓 독립한 젊은 건축가가 굳건히 자기만의 목소리를 낸다는 것은 무척이나 고단하고 힘든 일이었다. 고객의 까다로운 요구가 이어지는 등 일에서 받는 스트레스가 개인 생활의 우울함으로까지 번져나가기 시작했다. 돌이켜 보면 당시 여러모로 힘든 생활을 애써 이어나가고 있었다.

이때부터 일종의 돌파구로서 뉴욕 덤보 클린턴 힐 근처에 작은 스튜디오를 마련해서 조각 작업을 하기 시작했다. 건축가로 일할 때부터 프로토타입prototype이나 실물 모형physical model을 제작하는 과정을 좋아했기 때문에 예술 중 조각이라는 미디엄을 선택한 것은 어떻게 보면 자연스러운 선택이기도 했다.

나무의 뿌리가 땅속 깊은 곳에서 어둠을 통해 생명을 가꾸듯 때때로 짙은 어둠은 의미 있는 것들을 만들어내기도 한다. 당시에 마음의 상처를 보듬기 위해 시작한 조각 활동이 나 자신을 더욱더 자유롭고 성숙하게 가꿔간다는 것을 느낀다. 이런 이유로 지금껏 중단 없이 조각 작업을 해오고 있다.

3. 직업 활동에서 가장 희열을 느끼는 순간은 언제인지? 반대로 가장 좌절했던 순간이 있다면?

희열이라고 표현할 수 있을지 모르겠지만 내 인생에 가장 중요한 순간은 2018년 11월 10일이다. 그날 나는 전업 조각가가 되고 싶다는 뜻을 파트너인 제니퍼에게 전했다. 당시에 조각품을 만드는 것은 나 자신을 의미 있게 만드는 최선의 선택이었다. 건축은 기능과 공공성이라는 무거운 무게추를 어쩔 수 없이 짊어질 수밖에 없지만, 조각을 통해 이 무게추들을 내려놓으니 나 자신이 더없이 자유롭고 행복하게 느껴졌다.

역으로 가장 좌절했던 순간도 그날인 듯하다. 오랜 기간 건축인으로 살아오면서 느끼는 보람이 굉장히 컸다. 이 큰 애정 때문에 긴 기간 동안 쉽사리 건축 업무를 내려놓을 수 없었다. 건축은 공공 예술_{public art}의 큰 가치를 가장 잘 설명하는 동시에 실현하는 예술품이다. 그렇기 때문에 건축가이자 공공 예술의 창작자는 반드시 예술 작품으로서의 건축물을 둘러싼 환경, 즉 공동체를 진지하게 고려해야 하고 나보다는 우리라는 공동체를 작업의 시발점으로 삼아야 한다. 나 자신보다는 공동체를 앞서 생각하는 이타적인 사람에게 보다 제격인 직업이라고 생각한다.

진실된 내 자신이 누구인지 알아가는 일은 때로는 어렵고 용기가 필요한 일이다. 어릴 때일수록 내가 되고 싶은 사람과 진정한 나라는 사람을 혼동하기도 한다. 혼동이 계속되면 진짜 내 모습이 아닌, 되고 싶은 사람의 모습으로 평생을 살아가는 경우도 생긴다. 나는 그 혼동에 막이 내려지는 시점을 2014년에 맞았다. 그때 잠시나마 어려운 시간을 거치며 내 자신을 조금 더 진실하게 알아가게 되었다. 그중 하나가 바로 내가 '우리'보다는 '나'를 우선하는 사람이라는 점이었다. 그전에도 막연하게 느끼기는 했지만 인정하기가 쉽지 않았다.

이렇게 나는 내가 사랑하던 건축을 나라는 사람은 제대로 해내기

작가의 첫 조각품 〈마르고 거친 씨앗Dry and Rough Seed〉

어렵다는 것을 인정했다. 이때 꽤 큰 상실감을 느꼈다. 하지만 이제는 오롯이 조각 작업에 집중할 수 있게 되면서 그 안에서 더 큰 보람을 발견하는 나를 찾아가고 있다. 오랫동안 마음 한편에 죄책감처럼 느껴오던 건축가로서의 삶을 내려놓을 수 있게 되었다.

4. 삶에서 소중한 가치관은 무엇인가? 본인의 직업을 통해 원하는 삶을 살아가고 있다고 보는가?

아티스트로서의 가치관과 갤러리스트로서의 가치관을 각각 이야기하고 싶다. 2014년 10월 나는 첫 조각품을 완성했다. 고민 끝에 정한 작품 제목은 〈마르고 거친 씨앗Dry and Rough Seed〉이었다. 나 자신과 작품 모두, 시간 속에서 나무처럼 묵묵하게 성장해야 함을 제목에 담고 싶었다. 여기에는 아티스트로서의 성장도 성장이지만, 인격체인 내 자신으로서 나아가야 할 성장의 의미도 담겨 있다.

모든 생명체 중 가장 더디게 자라는 나무는 적게는 수십 년, 때로는 1,000년 가까이 묵묵히 자란다. 가지에서 새로운 가지를 분절시키고 뿌리에서 새로운 뿌리를 만드는 나무를 보며 진정한 자아의 성장은 타인이나 주변 환경이 아닌 자신에게 달려 있음을 느낀다. 그래서인지 내 작품은 대체로 타인이나 사회로부터 영향을 받거나 이를 향한 메시지를 전달하기보다 내 자신, 보다 일반적으로는 개인을 향해 있다. 나는 작품에 한 개인의 성장과 이를 통해 얻는 삶에 대한 통찰력을 담고자 하는 편이다.

나아가 나무는 고맙게도, 나에게 빛과 어둠이 인생에서 모두 필요함을 일깨워 줬다. 나무의 가지는 하늘의 빛을 향해 자라고 나무의 뿌리는 땅속 깊은 어둠으로 자라난다. 나무의 성장에는 빛과 어둠이 모두 필요하다. 이는 개인의 삶 또한 다르지 않다는 겸손하고 당연한 가치를 깨닫게 한다. 나 또한 삶에서 빛과 어둠이 모두 필요하다. 그러니 때때로 슬럼프나 위기가 온다 해도 나는 곧 밝은 빛이 뒤따라온다고 믿는다. 그 덕분에 묵묵히 중단 없이 조각 일을 해올 수 있었던 듯하다.

갤러리스트로서의 가치관 또한 분명하다. 어느 조각가의 말처럼, 나 또한 아티스트란 "첫째로는 작품을 만들고, 둘째로는 그것을 보여줘야 한다"고 생각한다. 작품을 보여주는 것이 만드는 것만큼이나 중요하다는 뜻이다. 그렇기에 작가에게는 전시를 할 수 있는 공간, 즉 '갤러리'의 존재가 필수적이고 정말 중요하다.

갤러리스트라면 작가의 훌륭한 작품을 세상에 알려야 한다는 소명을 반드시 지녀야 한다. 동시대에서 어떤 예술이 중요한지 확고한 신념을 갖고 있어야 하며, 그 신념을 갖고 잠재력 있는 아티스트들이 성장할 수 있도록 묵묵히 버팀목이 되어줘야 한다.

그런 의미에서 폴라 쿠퍼Paula Cooper는 오늘날 존경받는 갤러리스트 중 한 사람으로 꼽힌다. 칼 안드레Carl Andre, 도널드 저드Donald Judd, 솔 르윗Sol LeWitt과 같이 당시 새로운 추상을 시도하던 작가들을 알아보고, 이들에게 작품을 전시할 수 있는 공간과 경제적인 지원을 제공했다. 그런 그의 노력 덕분에 미니멀리즘 추상이 오늘날 미술사적으로 중요한 사조로 자리 잡고, 더 나아가 현대미술계를 더욱 풍부하고 의미 있게 만들고 있다.

이처럼 나와 파트너인 제니퍼 모두 우리가 생각하는 좋은 작가와 작품을 묵묵히 전시하고 그들과 함께 성장하는 것이 우리의 소명이라고 생각한다.

5. 수많은 도시 중 뉴욕을 활동 무대로 삼게 된 계기는 무엇이며, 뉴욕 '아트 신'만의 장점은 무엇이라고 생각하는가?

뉴욕에 오게 된 것은 이곳에 위치한 컬럼비아대학교에서 건축 석사 공부를 시작하기 위해서였다. 그때가 2006년이었으니 이제는 햇수로 16년이 넘었다. 그러다 보니 이제는 뉴욕이 40이 넘는 인생에서 가장 오래 거주하고 일한 장소가 되었다. 내가 뉴욕을 선택했다기보다 이 도시가 나를 잘 받아주고 보살펴 준 것 같다. 사랑하는 사람들을 만나고 하고 싶은 일을 하며 더 나아가 성장할 기회를 준 곳이니 너무나 특별하고 고마운 장소다.

뉴욕 미술시장의 특성은 뉴욕 기반의 아티스트들과 컬렉터들의 특징을 통해 어느 정도 알 수 있다.

미국, 그중에서도 물가가 가장 비싼 뉴욕에서 활동하는 작가들의 목표는 풀타임 전업 작가가 되는 것이다. 일반적으로 그전까지는 작품 활동 이외의 시간에 파트타임으로 다른 일을 하거나, 유명 작가의 보조로 활동하며 돈을 번다. 유럽이나 한국은 예술가에 대한 후원 제도나 예술가 양성 프로그램이 상대적으로 잘 마련되어 있기 때문에 전업 작가로 시작하는 것이 비교적 수월하다. 그에 비해 뉴욕 작가들은 때로는 비정할 수도 있는 미국식 자본주의하에서 당장 의식주 문제를 해결해야 한다는 절박한 문제의식이 있는 듯하다. 그 때문인지 유럽이나 한인 작가들보다 마케팅에 훨씬 공격적이고 적극적으로 임한다는 특징을 보인다.

뉴욕 미술시장의 또 다른 특징으로는 컬렉터 층이 아주 촘촘하고 광범위하게 존재한다는 것이다. 현재 뉴욕에만 1,000여 개의 갤러리가 있는데, 이렇게 치열한 경쟁 속에서도 뉴욕의 수많은 갤러리가 버텨낼 수 있는 이유는 그만큼 작품을 사는 '컬렉터'들이 많기 때문이다.

적어도 내가 느낀 한국 컬렉터들은 여윳돈이 있어 사치품인 미술 작품을 투자처로 이용한다는 선입견이 있는데, 이곳 뉴욕에서의 컬렉팅은 조금 다르다. 미국 미술업계에 종사하면서 느낀 바인데, 미국 사람들은 뿌리 깊은 개인주의 때문인지는 몰라도 자신만의 취향을 중시하는 경향이 아주 강하다. 미국인들은 금전적 여유나, 작가와 작품의 유명세와는 크게 관계없이 작품 자체가 자신의 취향에 부합한다면 소장하고 싶어 한다. 작가가 전시 기록이나 별다른 활동 내용이 없더라도 컬렉터들의 취향에 들어맞는다면 도약할 기회가 풍부하다는 것이다.

'소장collecting'의 진정한 의미는 미술 작품을 내 것으로 만듦으로써 그 작품의 가치를 나에게 덧입히는 과정에 있다. 이런 관점에서 보면 소장이라는 행위는 미국인들이 소장하는 행태에 보다 부합한다고 본다. 물론 뉴욕을 비롯한 미국도 다른 곳과 마찬가지로 유명 작품은 부유층의 투자처가 되기도 한다. 하지만 이렇게 촘촘한 '컬렉터' 층이 존재하는 뉴욕에서는 신진 작가나 무명 작가가 작품을 판매할 기회나 도약할 기회가 다른 곳보다 아무래도 더 많을 수밖에 없다.

6. 10년 뒤의 나는 어디에서 어떤 비전을 이루고 있을까?

내 작품 중 '드림Dream' 시리즈와 '크라운Crown' 시리즈는 오랜 기간에 걸쳐 완성되는 작품들이다. 드림 시리즈는 투명한 상자에 꿈이 생길 때마다 하나씩 작은 오브제를 채워나가는 작품들이며, 크라운 시리즈는 꽃잎 모양의 작은 조각품을 성취를 이룰 때마다 나 자신에게 주는 왕관으로 여기며 쌓아 올라가는 작품들이다. 2014년 조각 작품을 만들기 시작하며 8년 동안 두 개의 드림 시리즈 작품과 세 개의 크라운 작품을 이뤄냈다. 10년 뒤에는 드림과 크라운 시리즈 모두 몇 개의 작품이 더 완성되어 있기를 소망해 본다.

갤러리스트로서는 한국에 작은 갤러리 분점을 열고 싶은 소망이 있다. 마당이 있는 한옥 공간이면 좋겠다는 생각으로 북촌과 서촌을 위주로 알아보고 있다. 파트너와 내 성을 따서 지은 카발호 파크 갤러리 이름에는 중의적인 의미가 담겨 있다. 카발호Carvalho는 포르투갈어로 오크 나무를 뜻하며 파크Park은 영어로 공원이라는 의미. 우리가 만든 안식처와 같은 공원에서 작가들이 나무처럼 성장하기를 바라는 마음을 담았다.

모국인 한국에서도 이곳 뉴욕에서 갤러리를 시작했던 마음을 담아, 많은 작가들이 나무처럼 성장할 수 있는 안식처 같은 갤러리를 열고 싶다.

7. 미술시장, 특히 뉴욕 미술시장으로의 진입을 꿈꾸는 이들에게 해주고 싶은 말이 있다면?

아직 내가 무엇인가를 뚜렷하게 이룬 것이 없기에 조언을 하는 것이 무척 조심스럽다. 가끔 젊은 친구들이 나에게 비슷한 질문을 구하고 의견을 구할 때면 항상 "너의 마음에 진실되게 귀를 기울여 봐"라고 이야기한다. 한창 어두울 때 나도 내 마음에 귀를 기울였고, 그러다 보니 가장 원했던 것을 비로소 찾을 수 있었다. 그 마음으로 조각 일을 시작하고 뜻이 맞는 파트너를 만나 갤러리도 자연스럽게 시작한 것 같다.

미술을 정말 좋아하는지, 이 일에 사명감을 갖고 있는지, 그리고 뉴욕에서 꼭 일해야만 하는지, 자기 마음에 먼저 귀를 기울여 보라고 권하고 싶다. 모든 분야가 부침이 있겠지만 미술 분야는 생활에 필수적인 분야로 간주되지 않기에 더욱 많이 어려울 수 있다. 하지만 분명 이 분야도 누군가에게는 삶의 가장 중요한 분야일 수 있다. 그렇기에 뜻이 있는 젊은 친구들이 굳건한 마음으로 미술계를 지탱해 주기를 바라본다.

전시기획은 인간에 대한
질문에서 시작한다

아트 디렉터 그레이스 노
@ Fotografiska

인터뷰에 앞서

'기회의 땅, 빅 애플Big Apple, 문화와 소비의 중심지, 콘크리트 정글….' 뉴욕에 대한 수많은 수식어가 있지만, 그중 나에게 가장 와닿는 수식어는 바로 '이민자들의 도시'다. 이민자에 의해 세워진 도시, 뉴욕은 현재도 끊임없이 문을 두드리는 이민자들로 가득하다. 그 결과 현재 뉴욕 인구의 약 40퍼센트는 이민자 출신이라고 한다. 이렇듯 뉴욕에는 다양한 인종과 문화, 사회적 배경을 가진 사람들이 모여 있지만, 이들에게도 한 가지 공통점은 있다. 바로 꿈을 좇아 뉴욕에 왔다는 것이다.

국경과 도시를 넘어 사람들이 끊임없이 드나드는 뉴욕에서, 이곳에서 나고 자란 '뉴욕 토박이'를 만날 기회는 흔치 않다. 뉴욕에 사는 '뉴요커' 대부분은 미국의 다른 주나 외국으로부터 와 뉴욕에 정착한 이방인이기 때문이다. 그리고 이방인과 같이 겉도는 느낌은 사실상 뉴욕에서 몇십 년을 살아도 완전히 지우기 어렵다고 한다. 살인적인 뉴욕의 물가, 뉴욕 어느 곳에서든 자유로울 수 없는 사이렌 소리, 더럽고 냄새나는 길바닥, 빽빽하고 삭막한 빌딩 숲 가운데에서 소속감을 느끼기란 쉽지 않다.

하지만 동시에 뉴욕은 자신만의 강점을 찾아 정착에 성공한다면, 누구든지 진정한 '뉴요커'이자 이 사회의 주류가 될 수 있는 도시다. 그만큼 뉴욕은 기회의 땅이자, 주류가 되기 위해 변두리에서 등판한 이방인들의 경쟁 무대다.

2022년 넷플릭스에서 공개한 시리즈 〈애나 만들기Inventing Anna〉 또한 주류 뉴요커 집단에 속하고 싶은 욕망을 그린 드라마다. 실화를 바탕으로 한 이야기에다가 뉴욕을 배경으로 하고 있어 뉴요커들 사이에서도 입소문을 탔다. 주인공 애나는 독일 출신 상속녀라는 허위 신분을 만들어 뉴욕 상류층 엘리트들과 교류하며 각종 사기 행각을 벌인다.

특히 자신의 존재감을 입증하기 위해 그래머시Gramercy 인근 르네상스 양식의 옛 교회 건물을 매입하려고 하는데, 애나 자신의 이름을 딴 예술재단을 만들기 위해서다. 욕망과 범죄 사이를 애매하게 오가는 이 드라마에서는 건물의 실제 주소도 등장한다. '281 파크 애비뉴Park Avenue.' 주인공 애나의 허영심을 보여주기에 적합한 웅장함과 고풍스러움을 자랑한다.

1894년 지어진 이 건물은 현재 스웨덴 스톡홀름에 본사를 둔 포토그라피스카Fotografiska 사진 미술관으로 쓰인다. 역사적인 랜드마크에 유럽에서 건너온 현대사진 미술관이 들어서다니, 참 뉴욕다운 발상이다. 이곳은 2019년 개관 이후 얼마 되지 않아 뉴요커들이 사랑하는 새로운 문화 명소가 되었다.

포토그라피스카는 보다 많은 작가와 작품을 소개하기 위해 미술관

281 파크 애비뉴에 위치한 포토그라피스카.

© ajay_suresh

영구 소장이나 상설 전시의 개념 없이 일회성 특별 전시를 선보인다. 1호 박물관인 스톡홀롬과 뒤이어 개설된 에스토니아의 탈린, 그리고 뉴욕의 전시장에 같은 전시가 돌아가면서 개최된다는 것도 재미있는 특징이다.

물론 뉴욕에서만 전시하는 로컬 전시도 있다. 내가 포토그라피스카에 방문한 주간에는 뉴욕 헬스키친 출신의 젊은 여성 사진작가 키아 라베이자Kia LaBeijia의 전시가 진행 중이었다. 그의 어머니는 필리핀계, 아버지는 아프리카계 미국인이다. 어머니가 에이즈 감염자였는데, 모자 감염으로 그 역시도 만 3세에 사람면역결핍바이러스Human Immunodeficiency Virus, 이하 HIV 감염 판정을 받았다. 그는 젊은 유색인종 성소수자이자 HIV 보균자로서의 삶, 뉴욕살이의 단상, 어머니의 죽음과 관련된 추억을 담담하게 사진으로 담아냈다.

어찌 보면 무너질 수 있을 만큼의 비극적인 삶이지만, 그가 찍은 뉴욕 헬스키친의 무지개나 석양 사진에서는 삶을 조망하는 따뜻한 시선이 느껴진다. 팍팍하고 비인간적이고, 소외된 삶 속에서도 느끼는 희망, 기회, 그리고 분출되는 예술적 에너지까지, 이 모순적인 조합이 '뉴욕'이라는 도시를 무엇보다 잘 표현하는 것처럼 보였다.

이렇게 포토그라피스카는 뉴욕과 전 세계를 무대로 하는 사진 예술의 최전선이다. 그리고 이곳에 바로 한국인 큐레이터가 있다. 새로운 것을 지향하는 뉴욕에서도 가장 새로운 방식의 사진 예술, 새로운 미술관을 지향하는 포토그라피스카. 그곳에서 전시기획자로 일하는 것은 어떤 느낌일까? 궁금한 마음을 안고 만나봤다.

1. 본인의 직업을 간략하게 소개해 달라.

뉴욕 맨해튼에 위치한 현대사진 미술관인 포토그라피스카 뉴욕 Fotografiska New York에서 전시팀의 부디렉터Associate Director of Exhibitions 로 활동하고 있는 그레이스 노Grace Noh라고 한다. 한국 이름은 노주영 이다.

내가 일하고 있는 포토그라피스카 미술관에서는 주로 사진전을 기획한다. 대부분의 미술관에서는 큐레이터와 디렉터를 구분해 업무를 분담하는 것이 일반적이지만, 포토그라피스카에서는 전시팀에서 디렉팅과 큐레이팅을 모두 맡는 경우가 다분하다. 게스트 큐레이터를 따로 두고 준비하는 전시도 있지만, 대부분의 경우 전시팀에서 작가와 함께 작품을 선정하고 전시를 기획 및 구성하고, 나아가 조직하고 관리하는 업무까지 진행한다. 나 역시 그간 포토그라피스카 미술관에서 전시를 기획하고 구상하는 큐레이션에 집중하기도 했지만, 조직 및 관리를 디렉팅하는 비중이 큰 전시도 상당히 많이 맡았다.

2. 현재의 직업을 선택하게 된 계기는?

브랜다이스대학교 Brandeis University 에서 미술사학 History of Art 과 순수 미술 Studio Arts 을 복수 전공했다. 미술사를 선택한 이유를 돌이켜 보면, 학창 시절 가족과 함께했던 유럽 여행의 영향이 컸다. 특히 이탈리아 와 프랑스 미술관의 예술 작품들은 아직도 기억에 생생하다. 북적이 는 인파와 작품이 뒤섞인 공간에서, 수많은 사람들을 한곳에 모으는 예술작품의 힘을 느꼈다. 그 후 자연스럽게 미술사에 관심을 가졌고, 대학에 입학해서는 들뜬 마음으로 미술사 수업을 찾아 들었다. 예상 가능하듯 나는 미술사에 즉시 매료되었고 이를 전공으로도 선택했다.

학부 졸업 후에는 바로 대학원에 진학했다. 연구하고 싶은 질문들 이 많았다. 그렇게 직업 세계로의 입문을 잠시 뒤로 한 채 인스티튜트 오브 파인 아트 The Institute of Fine Arts, New York University 에서 2년간 미술 사 석사 과정을 밟았다. 그리고 석사 과정의 반 정도가 지난 어느 여름 에 학교로부터 여행 보조금을 지원받아 파리에서 몇 주를 보냈다. 어 느 정도 지식을 쌓은 이후 바라본 작품과 건축물은 어렸을 때 보고 기 억했던 것보다 훨씬 황홀했다. 당시는 시간적으로도 여유가 있었던 때라 그런지, 지금까지도 감사하고 중요한 시간으로 오래 기억된다.

석사 과정을 마칠 즈음에는 아직 가보지 못한 유럽의 구석구석을 방문하고자 여행 계획을 진지하게 세워보기로 했다. 그러던 중 대학 원 동료의 소개로 뉴욕 맨해튼의 신생 갤러리에서 함께 일해보지 않 겠냐는 제안을 받았다. 이런 우연한 기회로 갤러리에서 큐레이터로서 의 내 첫 직업 활동을 시작했다. 돌이켜 보건대 석사 졸업 후 유럽 여 행 대신 갤러리에서 일했던 시기는 미술시장, 미술품 거래를 포함해 갤러리와 미술관의 작가 작품 선정과 전시 활동에 대한 많은 배움의 기회를 줬다.

동시에 나는 이 시기에 나 자신을 조금 더 알게 되었다. 갤러리에서 일하며 작가 스튜디오에도 많이 방문했는데, 어떤 작가가 특히 내 이목을 끌고 어떤 미디엄이 흥미로운지, 그리고 예술의 소재나 주제에는 무엇이 있는지에 대해 진지하게 고민했다.

2년여 정도 갤러리에서 일하는 동안, 나는 미술의 상업적인 부분에는 크게 관심이 없다는 성찰 끝에 갤러리를 나왔다. 그런데 나온 직후 좋은 기회로 이직하게 된 회사는 역설적이게도 미술품 경매 회사인 크리스티였다. 크리스티는 2차 미술시장이라는 점에서 갤러리보다 상업적이고 글로벌 회사라는 점에서 조직적일 수밖에 없었다. 비록 계획에 없던 이직이었지만, 이곳에서의 시간을 통해 전체 미술시장이나 회사라는 조직에 대해 깊이 배우고 이해할 수 있었다. 하지만 한편으로는 맞지 않는 옷을 억지로 빌려 입은 듯, 어딘가 불편함이 계속 공존했다.

그런 고민을 계속하던 어느 날, 지인의 초대로 맨해튼에 신규 오픈하는 갤러리로 사진전을 보러 갔다. 그런데 막상 가보니 여느 갤러리 전시회가 아니었다. 바로 포토그라피스카 미술관이 개관을 앞두고 개최한 소규모 행사였던 것이다. 생소한 이름의 미술관이 뉴욕에 새로 생긴다는 점부터 흥미로웠다. 이후 행사장에서 만난 전시 총괄 디렉터와 이야기를 나누며, 이곳에 관한 이야기를 더 들을 수 있었다. 특히 개관을 앞두고 있지만 아직까지 조직을 본격적으로 꾸리지 않은 듯한 인상을 받았는데, 그렇게 명함을 받고 얼마 후 디렉터와 커피를 함께 마시다가 합류 제안을 받았다.

제안을 수락하기까지는 나름대로 여러 고민이 있었다. 당시의 나로서는 비디오 아트나 설치미술에 대한 관심을 키워나가던 때라 다양한 미디엄을 보여주는 전시를 기획하고 싶다는 생각이 컸다. 그래서 포토그라피스카에 합류하게 되면 사진 전시만을 기획하게 되는 것이 아닌지 걱정이 앞섰다. 하지만 막상 일을 시작하고 나서는 포토그라피스카의 포용적인 업무 방식과 잘 맞아 이에 관한 고민이나 걱정은 사라졌다.

포토그라피스카는 사진에 제한을 두지 않고 다양한 미디엄을 탐구하는 작가들을 환영하고, 그들의 새로운 작업 도전을 지원했다. 그리고 무엇보다 이미 유명 미술관이 차고 넘치는 이곳 뉴욕에서, 새로운 미술관이 문을 열고 자리 잡는 전 과정을 함께할 수 있는 기회는 쉽게 얻을 수 있는 것이 아니었다. 이 기회를 놓치고 싶지 않았다. 그렇게 나는 포토그라피스카의 초기 팀원으로 합류했고, 그때부터 전시 업무를 해오고 있다.

미술업계에 종사해온 지난 10여 년의 시간을 돌이켜 보면, 갈망하거나 계획했던 일보다 늘 눈앞에 온 우연한 기회를 잡았던 것 같다. 그렇기에 내 마음 한편에서는 내가 절실하게 원하던 일은 무엇이며, 이를 위해 어떤 노력을 했는지를 반추하게 된다. 주어진 기회를 성장의 기회로 삼기 위해 무엇이든지 늘 겸손한 마음으로 최선을 다하고자 한다.

뉴욕을 상징하는 사진가이자 영화감독인 제리 샤츠버그Jerry Schatzberg의 작품전을 기획했을 당시

3. 직업 활동에서 가장 희열을 느끼는 순간은 언제인지? 반대로 가장 좌절했던 순간이 있다면?

일의 기쁨과 즐거움에 대해 이야기하게 앞서, 내가 일하고 있는 포토라피스카 미술관에 대해 간단히 소개해야 할 것 같다. 포토그라피스카는 2010년 스웨덴 스톡홀름에서 처음 개관한 현대사진 미술관으로서 스톡홀름과 뉴욕 외에도 에스토니아의 탈린에 위치해 있으며, 곧 독일 베를린에도 개관할 예정이다.* 포토그라피스카의 전시는 크게 두 가지로 나뉘는데, 스톡홀름, 뉴욕, 에스토니아에서 돌아가며 개최되는 '인터내셔널 전시'와 개별 도시에서만 개최되는 '로컬 전시'가 있다.

포토그라피스카의 가장 큰 특징은 관람객들이 쉽게 다가갈 수 있는 미술관을 지향한다는 점이다. 예를 들어 관람객들은 미술관 아래층에 있는 카페 겸 바에서 와인 등의 음료를 들고 전시장으로 올라가 와인을 홀짝이면서 전시를 감상할 수 있다. 가장 위층은 고풍스러운 나무 천장과 조화로운 샹들리에가 인상적인 곳으로, 작은 무대가 있어 작가 대담회가 이뤄지기도 하고 그곳에 마련된 소파와 작은 테이블에 앉아 친구들과 담소를 나누며 전시를 즐길 수도 있다. 정숙하기보다는 편안한 분위기에서 전시를 즐기고 다양한 토론을 할 수 있는 것이 장점이다. 특히 밤늦게까지 미술관이 열려 있어 평일 늦은 시간에도 전시를 감상할 수 있다.

또한 포토그라피스카는 흔한 화이트 큐브 전시관에서 탈피하고자

---

* 베를린 지점은 2023년 9월 개관했다.

새로운 변화도 시도한다. 벽을 단순히 작품을 거는 용도 이상의 것으로 활용하고자, 전시 작가와 함께 벽에 어떤 질감과 색을 입힐지 회의해 전시의 일부분으로 포함시킨다.

또한 포토그라피스카의 업무 환경은 수평적이고 가족적인 분위기가 강하다. 특히 내가 속해 있는 전시기획팀의 경우 매주 수차례의 회의가 진행되는데, 팀원들은 현재 진행 중인 업무의 현황, 고려 사항, 팀원들에 대한 요청이나 질의 등을 자유롭게 토의한다. 누가 무슨 일을 어떻게 진행 중인지가 투명하게 공유되는 것이다. 그런 만큼 직위에 관계없이 서로 편하게 아이디어를 제시하고 협력할 수 있어 생산적인 회의를 할 수 있다.

이렇게 분위기가 자유로운 만큼 포토그라피스카에서의 전시기획은 전반적으로 만족스러웠다. 그중 특히 가장 인상 깊고 가슴 벅찼던 전시는 내가 처음 기획했던, 미국 사진작가 토니 채트먼 Tawny Chatmon의 뉴욕 로컬 전시다. 세 명의 자녀를 둔 어머니로서 작가는 주로 그의 자녀들이나 친구의 자녀들을 작품의 모델로 등장시킨다. 작품에서 이 아이들은 구스타프 클림트 Gustav Klimt의 대작과 같은 다소 몽환적인 분위기에 비잔틴 양식의 화려한 금빛 옷차림과 장신구를 하고 있다. 그는 자신의 작품을 통해 자녀들의 미술관 경험을 변화시키고 확실하고 강력한 메시지 또한 전달한다. '우리는 이 사진에서 볼 수 있듯, 너무나 아름다운 사람들이다'라는 메시지 말이다.

작가의 전시 오프닝에 참석하기 위해 그의 자녀들도 포토그라피스카를 방문했었는데, 정말 진심으로 전시를 즐기는 모습이었다. 작품의 모델이 되었던 아이들이 미술관에 와서 본인의 모습을 보고 기뻐

하는 것을 봤을 때는 전시기획자로서 큰 희열도 느꼈다. 아직 아기티를 벗지 못한 막내가 자신의 사진이 너무 예쁘다며 자랑스러워하던 모습이 특히 눈에 선하다.

그리고 모델 중 제임스라는 친구도 특별히 기억에 남는다. 오프닝 날 미술관을 방문한 제임스와 다른 친구들을 엘리베이터에서 우연히 만난 나는 "네가 사진 모델인 제임스구나! 이 미술관에서 너 완전 슈퍼스타야!"라고 이야기해 줬다. 수줍음이 많고 내성적 성격인 제임스가 그 말을 듣고 환하게 웃으며 좋아했던 모습이 떠오른다.

이렇듯 모델로 등장한 아이들의 함박웃음은 나에게 큰 감동으로 다가왔다. 어느 전시든 기획하는 과정은 희로애락의 연속이다. 그렇지만 이 전시는 나를 포함해 많은 이들에게 특별히 더 따뜻한 기쁨을 나눠준 것 같아 아직도 내 마음 한곳에 자리 잡고 있다.

한편 일을 하며 좌절했던 순간을 콕 집기란 어렵다. 전시기획에서 여러 난관과 어려운 도전의 순간은 항상 있다. 하지만 좌절감을 느끼기보다는 내 자신에 대한 질문과 고민이 더 늘어났던 것 같다. 본래의 내 성격과 직업 활동 과정에서 발현되는 성격 사이에는 거대한 간극이 존재한다. 나는 본래 인간에 대한 철학적 고민을 즐겨 하며 구름 위를 걷는 몽상가 스타일이다.

이에 반해 전시기획자는 매우 현실적이고 계획적인 면모가 아주 큰 부분을 차지한다. 특히 포토그라피스카는 다른 미술관에 비해 준비 기간과 실제 전시 기간 모두 짧은 편에 속하므로 실수는 용납되지 않는다. 그래서 팀원들 간의 솔직하고 열린 대화가 중요하다. 계획적인 삶과는 거리가 있는 나로서는, 전시를 준비하는 매 순간이 자신과

토니 채트먼의 작품 앞에서
토니 채트먼 소속 갤러리의 갤러리스트
미르티스 베돌라Myrtis Bedolla와 함께

grace.noh
Fotografiska New York

의 싸움이었다.

가령 내가 큐레이팅한 앤디 워홀Andy Warhol 전시 같은 경우에는 매사에 꼼꼼히 챙겨야 할 부분이 특히 많았다. 인터내셔널 전시로 뉴욕뿐만 아니라 다른 도시에서 선보이는 큰 전시였기에 각 도시 전시팀과의 미팅, 전시 공간의 이해와 전시 레이아웃의 계획을 신경써야 했다. 이를 위해 이전의 수많은 앤디 워홀 사진 전시들과 차별화된 점을 찾으며 워홀 재단과의 여러 영상 미팅을 거치고 특히 작가와 작품 연구에 열중했다. 다른 전시들도 이런 비슷한 과정을 거치지만 이 전시는 특히나 절차가 까다로웠기에 기획할 당시 온 신경이 전시에 쏠려 있었던 것으로 기억한다.

4. 삶에서 소중한 가치관은 무엇인가? 본인의 직업을 통해 원하는 삶을 살아가고 있다고 보는가?

이전의 대답에서 이미 짐작하겠지만, 나는 물질적이나 현상적인 점보다는 철학과 인간 심리에 보다 관심이 많다. 역사적 사건에 따른 미술의 전개를 아는 것도 중요하지만, 나에게는 인간 개인의 심리, 의식의 흐름과 철학에 대한 공부가 핵심이다. 삶의 물질적인 부분보다는 인간이라서 가질 수 있는 감정과 사고에 대해 늘 깊이 고민하고 탐구하고자 하며, 여기에 가치를 둔다. 이런 가치관은 내가 미술사를 공부하고, 또 전시를 기획하는 전반에 걸쳐 영향을 끼쳤다.

석사 시절 수강한 미학과 여러 철학 수업은 인간에 대해 원래부터 갖고 있던 내 고민을 한 차원 끌어올리는 계기가 되었다. 학부 시절에는 미처 생각해 보지 못한 예술철학에 대한 고민이 깊어지면서 자연스럽게 개념미술과 현대미술로 궁금증이 더 커졌다.

개인적으로 현대미술을 재발견하게 된 계기는 2012년 서울 플라토 미술관에서 열린 펠릭스 곤살레스토레스Félix González-Torres의 전시회였다. 쿠바 출신으로 미국에서 활동하는 그의 작품 중에는 전시 관람객들이 자유롭게 가져갈 수 있는 사탕이 놓여 있었다. 나 역시 사탕 몇 개를 집어 먹었다. 맛을 정확히 기억하지는 못하지만 달콤했으며 심심한 입을 채우기에는 충분했다.

그렇게 집에 와서 주머니 안에 든 사탕 껍질을 꺼내 별생각 없이 쓰레기통으로 가져가다 문득 손안에 쥐어진 사탕 껍질의 의미가 궁금해졌다. 분명 작품의 일부분이던 사탕은 이미 입안에서 사라지고 그 껍질만 구겨진 채 손에 쥐어져 있었다. 작가에게 가장 소중한 것은 작품일 텐데 이를 모르는 이들에게 떠나보내다니, 많은 생각을 하게 했다.

그렇게 작가에 대해 찾아보던 중 먼저 떠나보낸 연인 로스 레이콕 Ross Laycock의 생전 몸무게와 같은 무게의 사탕을 전시장 한편에 쌓아 놓은 작품에 대해 알게 되었다. 이 작품 또한 내가 플라토에서 본 작품과 마찬가지로 관람객들이 사탕을 집어갈 수도 있고 먹고 껍질을 버릴 수도 있어 매번 작품형태가 다르게 바뀌기도 한다. 사탕이 줄어들면 다시 새로운 사탕으로 채워 원래의 무게를 유지한다. 관객이 사탕을 자유롭게 가져가 먹는 행위를 통해 연인의 부재로 생기는 슬픔과 무거운 감정을 덜어내고, 연인의 존재를 기억하는 하나의 의식에 관객을 참여자로서 동참시킨 것이다. 관람객은 작가의 개인적 감정을 담은 작품에 동참해 함께 그 의미를 만들게 된다.

그 관람객 중 한 사람이 되어보니, 작가의 감정이 훨씬 더 직관적이고 강렬하게 다가왔다. 게다가 때로는 관객의 참여를 통해 새로운 의미가 부여되기까지 한다. 이것이 내가 느끼는 현대미술의 가장 큰 매력이다. 현재까지 내 방 창가 구석에는 총 네 개의 사탕과 사탕 껍질이 놓여 있다.

예술은 우리가 인간으로서 갖고 있는 감정과 믿음, 고민을 배출할 수 있는 통로다. 그래서 전시가 인간의 어떤 면모를 보여줄 수 있는지에 대해 스스로에게 끊임없이 질문을 던졌고 고민해 왔다. 그렇게 내 고민에 응답해 줄 수 있는 작가와 작품을 바탕으로 전시 주제를 선정하고 있다.

2021년 여름, 픽시 리아오Pixy Liao의 사진 작품을 보며
디지털 미디어 시대의 개인 브랜드와 정체성에 대해 논의하고 있는 모습

5. 수많은 도시 중 뉴욕을 활동 무대로 삼게 된 계기는 무엇이며, 뉴욕 '아트 신'만의 장점은 무엇이라고 생각하는가?

뉴욕은 나에게 참 특별한 도시다. 학창 시절에 미국으로 유학을 왔지만, 성인이 되고 가장 많은 시간을 보낸 곳이 뉴욕이라서 그런지 제2의 고향 같다. 지금까지 뉴욕에 사는 많은 사람들을 만났지만, 이곳에서 나고 자란 토박이가 아닌 이상 가족과 함께 사는 경우는 매우 드물었다. 대부분은 큰 꿈과 야망을 품고 홀로 뉴욕에 상경한 이들이다. 워낙 다양한 사람들이 공존하는 도시이다 보니 다양한 생각, 이념, 문화, 가치관을 알아갈 수 있어서, 예술을 공부한 나에게는 특히 여러 가지로 큰 영향을 줬다.

감각이 보다 곤두서 있고 감정이 보다 풍부했던 20대에 뉴욕이라는 도시에서 공부한 것은 큰 행운이었다. 수없이 다양한 친구들을 마주쳤고, 특히 도시 특성상 여러 예술 분야와 가까운 친구들을 만났다. 뉴욕이라는 만만치 않은 도시에 나름의 꿈과 목적을 갖고 온 사람들은 하나같이 톡톡 튀는 개성과 강한 성격을 갖고 있었다. 다양한 인간 군상의 고민과 희로애락, 사는 이야기를 일상에서 접할 수 있다는 점이 참 좋았다. 인간에 대한 호기심이 많은 성격 덕분에 더욱 뉴욕살이가 적합했던 것 같기도 하다. 이때 접한 다양한 이야기들이 내 삶의 재료가 되어 현재의 나를 만든 듯하다.

뉴욕은 확실히 세계 미술시장의 중심이다. 뉴욕이라는 도시 이름 자체에서 오는 브랜드 파워부터 확실하다. 미술시장의 생산자인 작가, 매개자인 갤러리나 경매 회사, 그리고 소비자인 컬렉터까지, 모두 뉴욕에서 탄탄한 기반을 이루고 있다. 어떤 전시가 뉴욕에서 열리는 것과 미국 내 다른 도시에서 열리는 것은 영향력 면에서 비교하기 어려울 만큼 다르다. 그만큼 뉴욕에서 전시를 한다는 것은 많은 작가들에게 큰 의미가 있는 일이다.

또한 매년 미술시장의 분위기를 좌지우지하는 대형 경매나 아트페어의 핵심 관계자들도 대부분 뉴욕에 근거하고 있다. 미술시장의 모든 이들이 뉴욕을 바라보고 있는 상황에서 뉴욕은 세계 미술시장의 중심지일 수밖에 없다. 그렇기 때문에 꾸준히 배우고 바쁘게 돌아다니며 여러 사람들과 소통하고, 계속 '보는 것'이 중요하다.

뉴욕에서는 미술품을 컬렉팅하는 모습을 자연스럽게 보게 된다. 고가의 작품에만 국한되지 않고, 신진 작가에서부터 시작해 부담스럽지 않은 가격의 작품을 소장할 기회가 많다. 그러다 보니 내 주위에도 크고 작은 작품을 소장한 이들이 적지 않고, 작가들 간의 작품 교환이 이뤄지는 모습도 비교적 자주 볼 수 있다. 나 또한 친하고 좋아하는 작가의 작품을 몇 점 갖고 있는데, 특히 이른 아침에 종종 감상하는 것을 좋아한다.

지난 몇 년간 뉴욕에서 만난 작가 중 기억에 오래 남는 작가는 홍콩계 아티스트인 웡 핑Wong Ping이다. 2018년 뉴뮤지엄 트리엔날레에서 〈욕망의 정글Jungle of Desire〉이라는 작품을 통해 처음 그의 작품을 마주했다. 당시 내 안에서는 신선한 충격과 함께 너무나 많은 궁금증이 일어났다.

웡 핑은 애니메이션 특유의 캐치catchy한 그림체를 통해 다소 무거울 수 있는 홍콩 신구세대의 갈등, 사회적 압박 등의 메시지뿐만 아니라 성적인 욕망 등 개인 욕망 같은 어둡거나 무거울 수 있는 주제를 재치 있게 표현하는 작가다.

어둡고 무거운 내용은 웡 펑의 다채롭고 환상적인 애니메이션을 통해 예상치 못한 공격처럼 다가왔다. 그의 작품을 알게 된 이후, 나는 그와의 인터뷰가 간절했다. 그러다 그가 구겐하임미술관 그룹전을 위해 뉴욕에 온다는 소식을 들었고 그 기회를 잡았다. 예전부터 마음 맞는 이들과 프로젝트성으로 '미아MiA 컬렉티브 아트'를 운영해 왔는데, 그 일환으로 그를 만나 인터뷰할 수 있었다.

6. 10년 뒤의 나는 어디에서 어떤 비전을 이루고 있을까?

현재는 또 다른 새로운 시도를 위해 준비 단계에 있다. 아직 자세히 공유하기는 어렵지만 이전부터 하고 싶던 글 작업에 도전하려 한다. 정든 포토그라피스카를 떠나는 날에는 아쉬움도 크겠지만, 새로운 도전은 언제나 설레는 일이다.

워낙 좋아하던 포토그라피스카에서의 일을 접고 새로운 시작을 앞두고 있는 시점인 만큼, 한 치 앞도 예측하기 어렵다. 뉴욕에 언제까지 머물 수 있을지도 불투명하다. 하지만 앞으로도 내가 중시하는 가치를 추구하기 위해, 인간의 감정과 존재에 대해 고민하고 그 고찰을 다른 이들과 공유하는 연장선에서 직업 활동을 하고 싶다. 추상적으로 들릴 수도 있겠지만 인간에 대한 물음은 내 삶 전체에서 계속될 것 같다. 필름이라는 매개를 워낙 좋아해 아마 그와 관련되어 글을 쓰고 있을지도 모르겠다.

앞에서 이야기한 '미아 컬렉티브 아트' 운영은 꾸준히 이어 나갈 듯하다. 미아 컬렉티브 아트는 쉽게 말해 아티스트를 위한 협업 미디어 플랫폼이자 프로젝트 공간이다. 다양한 프로젝트 기회를 통해 특히나 젊은 작가들의 목소리를 공유하는 것에 집중하고 있다. 전시를 기획하기도 하며 다양한 이들과 인터뷰 영상을 제작하고 글을 기재하기도 한다. 아무쪼록 이 활동이 예술 창작 과정에 긍정적인 영향을 미쳐 하나의 생각이 작품으로 탄생할 수 있기를 희망한다.

※ 그는 우리의 인터뷰 직후 포토그라피스카 큐레이팅 활동을 마무리했다.

미술 전시기획의
핵심 하드웨어, 자본력!

미술관 펀드레이저 이지현
@ MoMA

인터뷰에 앞서

이탈리아의 메디치Medici 가문은 레오나르도 다빈치Leonardo da Vinci, 산드로 보티첼리Sandro Botticelli와 부오나로티 미켈란젤로Buonarroti Michelangelo 등 당대의 예술가 다수를 후원하고, 르네상스 시대를 꽃피게 한 것으로 유명하다. 물론 이런 평가에는 반론도 존재하는데, 『서양 미술사The Story of Art』라는 책으로 유명한 에른스트 H. 곰브리치Ernst Hans Josef Gombrich가 대표적이다. 그는 메디치 가문이 고리대금업을 하며 실추된 이미지를 회복하고자 예술을 이용했을 뿐이라고 이야기한다.

하지만 후원의 시작과 이유가 어찌 되었든 이들은 몇백 년간 지원을 지속했다. 그리고 이는 진심으로 예술을 이해하고 사랑하는 후대들이 예술가들의 진정한 가치를 알아보고, 그들이 어려움 없이 창작활동을 할 수 있는 물질적 토대를 제공하게 했으며 현대까지도 훌륭한 문화유산으로 남아 있다. 달라진 점은 과거의 예술이 왕가나 특정가문과의 결합이었다면, 현재의 예술은 자본주의 왕국인 기업들과 결합되었다는 것이다. 이를 기업의 메세나Mecenat 정신이라고 한다.

뉴욕에 있으면 한국 유수의 기업이 예술산업을 후원하는 모습을 심심치 않게 볼 수 있다. 현대카드는 오랜 기간 뉴욕의 MoMA를 후원했고, 최근 LG는 구겐하임미술관의 디지털 기술 기반 예술 분야 연구를 지원했다. 이에 따라 구겐하임미술관에서는 후원 행사가 열리기도 했다.

이처럼 기업 이익의 사회 환원 요구가 많아지고, 사회 전반의 문화예술 수요가 늘어나면서 한국의 많은 기업들도 자연스럽게 메세나 활동에 동참하게 되었다. 이는 공익적 이미지를 추구하는 기업 입장에서뿐만 아니라 후원이 필요한 미술관 입장에서도 당연히 크게 환영할 일이다. 실제로 미국 미술관의 주된 수입원은 기업이나 개인의 후원 자금이니, 이런 문화가 예술산업에 기여하는 바는 상당히 크다고 할 수 있다.

한국이나 유럽이 정부로부터 큰 비중의 보조금을 받는 것과 달리, 미국 미술관의 운영자금은 제각기 주된 수입원이 다르다. MET의 경우 43퍼센트는 후원gifts, grants, funds released, 23퍼센트는 재단 기부 endowment support이고, 티켓을 통한 수입은 약 11퍼센트에 불과하다.*

이처럼 미술관마다 주된 수입원은 각각 다르지만, 기업이나 개인으로부터 받는 후원이나 기부금은 공통적으로 수입원에서 큰 부분을 차지한다. 기관마다 다르겠지만 미술관 운영자금에서 보통 3분의 2는 작품을 취득 및 대관하고 미술관 프로그램을 만들기 위한 금액이다. 관련 예산이 많을수록 미술관은 좋은 작품과 탄탄한 프로그램을 대중

---

* 2023년 기준 MoMA의 경우에는 43퍼센트는 재단 기부금, 22퍼센트는 펀드 레이징을 통해 얻어지는 기부금, 그리고 티켓을 통한 수익은 전체의 18퍼센트를 차지한다.

LG가 구겐하임미술관의 디지털 예술 연구를 지원하며 개최한 후원 행사

에게 선보일 수 있고, 이것이 대중으로부터 사랑을 받아 다시 수익으로 돌아오는 선순환 구조를 만들 수 있다.

미술관에서 이런 운영자금을 모집하는 일은 펀드레이징fundraising 부서에서 담당하며, 그 일을 하는 사람들을 펀드레이저라고 부른다. MoMA의 이지현 펀드레이저는 MoMA와 시너지가 날 수 있는 후원 기업 또는 개인에 대한 자료를 준비하고 이들과의 미팅을 진행하며, 후원 기업과의 컬래버레이션을 진행하여 기부금 유치가 원활하게 진행되도록 하는 역할을 한다. 한국이나 미국에서 미술관은 비영리단체로 분류되어 있으나, 이는 세법상의 분류이고 영리 활동이 금지되는 것은 아니다. 어느 회사나 운영자금이 필요하고 미술관이라고 예외는 아니기 때문이다.

하지만 이지현 펀드레이저를 통해 본 미술관의 운영자금 모집 방법은 다른 일반 회사에 비해 특수성이 돋보였다. 후원을 통해 이미지를 개선하려는 데에만 목적을 둔 기업은 환영받지 못한다. 후원받는 금액의 크기보다도 세련된 전략적 파트너십을 고려할 수 있어야 하며, 이를 위해서는 먼저 서로의 니즈가 부합해야 한다. 결국 펀드레이저에게 기업에 대한 깊이 있는 리서치가 기본이 되어야 한다.

1. 본인의 직업을 간략하게 소개해 달라.

'MoMA'로 잘 알려진 뉴욕현대미술관에 입사한 지 2년이 되어가고 있다. 현재 MoMA의 대외 협력 펀드레이징 부서에서 후원자 관련 리서치 업무를 담당하고 있다. 관련 업무를 한 지는 6년 차로, MoMA 이전에는 스코히건Skowhegan이라는 아티스트 레지던시residency 기관*에서 일했다.

2. 현재의 직업을 선택하게 된 계기는?

미국에서 태어났지만 성장기의 대부분은 한국에서 보냈다. 이후 아버지 일로 다시 미국에 나오게 되어 고등학교 시절부터는 다시 미국에서 보냈다. 디자인 쪽 일을 해오신 어머니의 영향으로 어릴 때부터 미술관을 자주 다니고 작품을 접할 기회가 많았다. 그래서인지 막

• 아티스트 레지던스란 예술가들이 일정한 공간에 거주하면서 창작활동을 하는 작가상주 창작시스템을 말한다.

연하게나마 미술에 관심이 갔다.

　미술에 대한 관심이 진지해진 것은 고등학교 때 들은 미술사 수업을 통해서였다. 당시는 다양성이라고는 찾아보기 힘든 미국의 한 도시에서 유학 생활을 막 시작했던 때이기도 했다. 그래서인지 다소 단조로운 일상 속에서 미술사를 통해 세계를 접할 수 있다는 점에 흥미가 갔고 수업이 즐거웠다.

　고등학교 졸업 후에는 보스턴 칼리지Boston College에서 미술사를 전공했다. 전공 수업은 대체로 서양미술사를 기초로 하는 데다가 동양미술도 서구 중심의 시각에서 가르치기 때문에 어느 시점에는 답답한 마음이 들었다. 한국이라는 내 배경을 살려 한국의 미술에 대한 전문성을 갖고 싶다는 생각이 들었고, 공부의 방향을 조금 바꿔보기로 했다.

　그렇게 대학 졸업 후, 처음 뉴욕에 오게 되었다. 이후 스쿨 오브 비주얼 아트School of Visual Arts, SVA 대학원에 진학해 미술비평 이론Critical Theory and the Arts을 전공하며 동시대의 컨템퍼러리 미술을 이해하는 데에 필요한 인문학적 담론과 사회 이론을 위주로 배웠다. 미학을 아우르는 철학부터 시작해 경제학, 정치학, 사회학 등 작품 비평을 위해 필요한 모든 학문을 종합적으로 공부하는 시기였다.

　작품 비평을 위해서는 작품을 완벽히 이해해야 하고, 한 작품을 깊이 있게 이해하기 위해서는 당시 작품을 만들던 작가의 개인적 역사뿐만 아니라, 작가가 작품을 만드는 데 영향을 준 사회, 문화, 경제적 배경까지 알아야 했다. 물론 여기에는 작품을 둘러싼 시장이나 정부의 역할 등 다양한 인프라를 종합적으로 이해하는 것도 포함된다. 매번 읽어야 하는 양이 상당했지만 피부에 와닿았고 나에게 꼭 필요한 공부라고 생각해서 그런지 힘든 줄도 모르던 시기였다.

논문을 마치고 졸업할 즈음에는 학교에서 이제껏 배운 바를 어떻게 실무에 풀어낼 수 있을지에 대한 고민이 컸다. 그렇게 심사숙고 끝에 인턴 프로그램이 잘 갖춰져 있는 MoMA에 지원해서 2018년부터 MoMA에서 인턴으로 근무했다. 비서구권 근현대미술을 다루는 국제 프로그램International Program 소속이었는데 주로 행정 업무를 담당했다.

MoMA 내에는 C-MAPContemporary and Modern Art Perspectives이라고 부르는 각 리서치 그룹이 있는데, 각 그룹을 담당하는 펠로우들이 미팅을 주관한다. 나는 이를 보조하고 회의 내용을 기록하는 역할과 함께 국제 프로그램 부서에서 진행하는 다양한 행사 보조도 맡았다. 이 부서는 워낙 세계 전역의 다양한 미술관과 관계를 맺고 다양한 작가, 큐레이터를 비롯한 업계 사람들과 교류하는 곳이라, 우리끼리는 우스갯소리로 'MoMA의 유엔'이라 불렀다.

일주일에 한 번씩 인턴들을 위한 프로그램이 마련되어 있어 퀸즈Queens 지역에 위치한 미술관 수장고를 방문하기도 했고, MoMA의 디렉터인 글렌 라우리Glenn Lowry와 질의 문답하는 시간을 갖기도 했다. 4개월 남짓한 짧은 인턴 기간이었지만 큰 배움의 기회가 되었다. 행정 업무를 익히는 것은 물론이고, MoMA 같은 세계적 미술기관이 해외의 미술관이나 미술업계와 어떻게 교류하며, 미술관이라는 정체성에 대해 무슨 고민을 하는지 등을 듣고 배울 수 있는 시간이었다. 이를 통해 나 역시 같은 업계 종사자로서 앞으로 어떤 직업적 가치관을 가져야 할지 생각해 봤다. 인턴 기간 동안 부서 안팎으로 좋은 멘토들도 많이 만나서 그 이후로도 현재까지 계속 연을 이어가고 있다.

MoMA 인턴이 끝난 후에는 일주일에 이틀은 뉴욕한국문화원으로, 나머지 사흘은 스코히건이라는 아티스트 레지던시 기관으로 출근했다. 외국에서는 모두 애국자가 된다더니, 대학교 때부터 꾸준히 한국 미술에 대한 관심이 생긴 터였다. 무엇보다 뉴욕에서 부대끼며 살아가는 다양한 나라의 친구들보다 내가 잘할 수 있는 것이 무엇인지를 고민했다. 결국 자국 미술을 이해할 수 있는 능력이야말로 내 특장점이라는 생각과 동시에 한국 미술을 세계에 잘 알려야 한다는 모종의 사명감도 생겼다. 그래서인지 MoMA 인턴이 끝난 후에는 한국 현대 미술을 뉴욕에 소개하는 일에 보탬이 되고 싶었고, 뉴욕한국문화원에 지원해 전시기획 업무를 보조하게 되었다.

동시에 스코히건이라는 아티스트 레지던시 기관에서 파트타임 일을 시작했는데, 돌이켜 보면 이때의 경험은 나에게 큰 자산이 되었다. 스코히건은 미국 메인에서 1946년 만들어진 레지던시로 미국에서 가장 오랜 역사를 자랑한다. 여름 9주의 기간 동안 약 65명의 신진 작가들에게 레지던시를 제공하는데, 미술계의 인지도 있는 작가들과 함께 지내며 서로 소통 및 협업하면서 멘토링을 받을 수 있도록 해준다.

이에 필요한 기관의 유지 및 운영 비용은 주로 정부기관, 사설 재단과 후원자들로부터 받는 기금을 바탕으로 이뤄진다. 그렇기 때문에 펀드레이징 업무는 스코히건의 주요 업무 중 하나였고, 그때 처음으로 관련 업무를 배우게 되었다. 한국문화원에서의 전시기획과 스코히건에서의 펀드레이징이라는 두 가지 성격이 다른 일을 하며 미술업계를 보는 시각도 더욱 넓어졌다.

한국문화원에서 담당한 전시기획 업무는 가슴 설레고 재미있는 일이었다. 가장 기억에 남는 전시는 정찬승 작가의 회고전인데 워낙 작품이나 기록이 많이 남아 있지 않아서 그 당시 작가와 함께 일하거나 알고 지냈던 사람들을 대상으로 인터뷰를 하거나 관련 자료들을 여기저기에서 발굴했었다. 그렇게 전시에 들어갈 내용을 당시 큐레이터 선생님과 함께 연구했다.

나는 주로 작가의 타임라인을 준비하고 당시 뉴욕 미술계 주요 기관과 작가가 활동했던 여러 장소를 맵으로 만들었으며, 한글 전시 서문을 영어로 번역하는 작업을 도맡았다. 뉴욕에서는 활발히 활동했지만 한국에는 상대적으로 잘 알려지지 않았던 작가라, 이 회고전이 한국 미술사, 특히 한국 전위예술의 역사 흐름을 이해하는 데에 중요한 역할을 할 것이라는 생각이 들었다. 그래서 퇴근 후에도 작품 연구를 하며 최선을 다해 준비했던 기억이 난다. 전시 자료 아카이브는 후에 서울 국립현대미술관에 보내졌다.

이런 전시기획 업무는 보람찬 일이었지만, 매번 정해진 준비 기간 내에 완벽에 가까운 결과물을 만들어내야 한다는 점은 부담스러웠다. 결국 가슴 설레는 전시기획 업무와 모든 기관에 필수적이고 전문성을 쌓을 수 있는 펀드레이징 업무를 두고 고민하던 중, 2019년 스코히건으로부터 정규직 자리를 제안받았다. 그렇게 고민을 일단락하고, 스코히건에서 정식으로 일하기 시작했다.

스코히건에서 2년 남짓 일하며 수많은 후원자와 작가를 만났고, 펀드레이징과 이벤트 기획을 중심으로 한 다양한 업무를 배웠다. 팀장을 포함해 총 네 명으로 구성된 팀이 기관의 모든 재정 관련 업무를 맡아 처리해야 했기 때문에 각 팀원들이 맡는 역할과 책임이 컸다. 나는 주로 정부나 공공기관, 기업에 기부나 후원을 부탁하고 연락하는 업무, 받은 기부금이나 후원금에 대한 세금 영수증을 발행하는 업무, 받은 후원금의 사용처 등을 정리 요약하는 보고서 작성 업무와 후원자들을 위한 이벤트 준비 기획 업무를 담당했다. 업무에 흥미가 붙는 시기였다.

하지만 그러던 중 코로나 팬데믹이 터졌다. 도시는 록다운되고 팬데믹이 길어지면서 한국에 있는 가족들과 보지 못하는 시간가 길어졌다. 한국으로 아예 돌아가는 것은 어떨까 진지하게 고민이 들기도 했다. 그때 우연히 MoMA 웹사이트에 들어갔다가 펀드레이징 부서 리서치팀 채용 공고문을 보게 되었다. MoMA에서 인턴을 한 경험 덕분에 이미 사내 문화에도 익숙했던 터라 도전해 보겠다는 결심이 섰다. 그렇게 지원 후 인터뷰 과정에서는 내가 직업적으로 더 성장할 수 있는 좋은 기회라는 생각에 이직을 결심하게 되었다.

미술관마다 다르기는 하지만, 펀드레이징 부서에 리서치팀이 별도로 마련되어 있는 경우는 흔치 않다. MoMA는 규모가 큰 만큼 이를 유지하고 운영하기 위해 큰 펀딩이 필요하므로 펀드레이징 부서 직원만 20~30명 정도에 이른다. 여기에서 다양한 후원자 층과 후원 방법에 따라 다시 팀으로 나뉘고, 크게 다섯 개의 팀으로 구성된다.

큰 규모의 기부를 하는 이사회 이사들과 개인 후원자를 담당하는 거액 기부금팀 Major Gifts, MoMA의 다양한 멤버십을 담당하는 멤버십팀 Membership, 기관과 기업을 담당하는 기관 기부팀 Institutional Giving, 특정 미술과 미술관 내 프로그램들을 지원하는 세 개의 그룹 Affiliate

Group인 Contemporary Arts Council, Black Arts Council, Junior Associates이 있고, 미술관의 가장 큰 펀드레이징 행사인 갈라 디너Gala Dinner, 후원자들을 위한 저녁행사, 후원기업들의 이벤트나 파티를 준비하는 특별기획팀Special Events이 있다.

갈라 디너를 통한 펀드레이징애는 대표적으로 MoMA 조각 정원에서 열리는 '파티 인 더 가든' 갈라의 규모가 가장 크다. 그 외에도 '더 블랙 아트 카운실 베네핏The Black Arts Council Benefit'과 연말에 열리는 '필름 베네핏Film Benefit'도 있다. 다채로운 행사를 통해 다양한 업계 사람과 예술 애호가를 접할 수 있다는 점에서 이곳에서 일하는 것이 즐거운 동시에 감사하다.

내가 속한 팀에서는 새로운 기업으로부터 후원을 받거나 파트너십을 통한 프로젝트를 진행할 때, 해당 기업의 예술 후원 방식이나 과거 사례에 대한 리서치를 진행한다. 또한 새롭게 부상하고 있거나 특정 지역에서 활동하는 후원자 및 컬렉터를 찾아서 자료를 정리하는 등 자율적으로 프로젝트를 맡는 경우도 많다.

사실 MoMA로 이직을 결심할 당시에는 내심 우려도 있었다. 이전 회사에서 다양한 일을 접할 기회가 많았던 만큼, MoMA의 리서치 담당 포지션에서는 같은 업무를 반복하지 않을까 하는 걱정이 되었다. 그런데 막상 일을 시작해 보니 리서치 대상 자체가 다양해서 지루할 틈이 없다.

3. 직업 활동에서 가장 희열을 느끼는 순간은 언제인지? 반대로 가장 좌절했던 순간이 있다면?

일을 하며 '크게' 희열을 느낀 순간은 아직 없다. 하지만 현재 직장에 대한 만족도가 커서 그런지 일을 하며 '잔잔하게' 희열을 느꼈던 순간은 많았다. 특히 좋은 작품과 전시를 자주 접하고, 미술에 관심 있는 다양한 사람들과 만나 교류할 기회가 많다는 점은 이 직업의 가장 큰 장점이다.

예술은 확실히 사람들을 모으는 힘이 있다. 전시 오프닝이나 뉴욕 도처에서 이뤄지는 파티 등을 통해 다양한 사람들과 교류하다 보면 또 다른 좋은 만남의 기회로 이어지기 마련이다. 이외에도 미술을 진심으로 애정하고 즐기는 후원자들이 기쁜 마음으로 오랜 기간 꾸준히 후원하는 모습을 볼 때 참 즐겁다.

이처럼 다양한 교류가 나에게 '흥미'를 준다면, 내가 속한 기관에서 이뤄지는 수준 높은 전시는 '보람'을 준다. 좋은 스토리텔링이 있는 전시, 관람객에게 좋은 질문을 던지고 사회, 문화적으로 중요한 담론을 생성해 내는 양질의 전시를 만들기 위해서는 큐레이터의 능력뿐만 아니라, 현실적으로 넉넉한 재정과 후원이 뒷받침되어야 한다. 좋은 전시를 만드는 것만큼이나 재정 운영을 잘하는 것 또한 의미 있는 일인 것을 알기에, 현재 펀드레이저로서의 일에 큰 보람을 느낀다.

다행히 아직까지 좌절스러운 순간도 없었는데, 다소 실망스러운 순간은 있기도 했다. 예술을 통해 자신의 힘과 지위를 과시하고 싶어 하는 사람이나 특권 의식을 갖고 도를 넘는 혜택을 요구하는 사람을 만날 때가 그랬다. 뉴욕에는 내로라하는 세계적인 부호들이 모여 있어 자신이 속한 클럽이나 모임이 그 사람의 부와 사회적 위치를 보여 주는 경우가 많다. 특히 MoMA라는 세계적인 미술관의 후원자가 된 다는 것도 그런 뉴욕 상류사회의 일원이라는 지표 중 하나가 되기도 한다.

특히 코인이나 사업 등으로 큰돈을 번 '뉴머니'의 경우 예술에 큰 관심이 없더라도 MoMA나 구겐하임미술관 등 큰 기관에서 주최하는 파티에 참여하고자 한다. 여러 사람들을 만나거나 자신의 데이트를 감동시키려는 목적으로, 그간의 이렇다 할 후원 기록 없이 파티만을 위해 돈을 쓰는 경우가 왕왕 있다. 그리고 사실 이런 경우는 애교라고 할 정도로 더 심한 경우도 있다. 이렇듯 예술을 후원하는 데에는 별 관심이 없고 예술을 도구 삼아 재력을 과시하려는 모습을 보면 예술의 의미가 퇴색된 것 같아 마음이 불편해진다.

전시 오프닝 파티 현장

이외에도 뉴욕에서 일하는 동양인 여자이자 외국인으로서 느끼는 불편함도 존재한다. 특히 최근 뉴욕의 치안이 급격히 안 좋아지면서 출퇴근길에 혐오 범죄의 타깃이 될까 봐 우려가 되기도 한다. 다행히 아직까지는 일을 하면서 인종 차별을 크게 느껴본 적은 없지만, 영어가 제2외국어이다 보니 내가 말하고 글 쓰는 방식이 조금 더 세련되었으면 좋겠다고 느낄 때가 종종 생긴다. 아무리 미국에 오래 살았어도 표현 방식이 부족하다는 생각은 늘 떠나지 않는다. 그래서 신문과 잡지, 관련 서적들을 많이 찾아 읽기도 하고, 특히 같이 일하는 동료들로부터도 시시때때로 배우고 있다.

4. 삶에서 소중한 가치관은 무엇인가? 본인의 직업을 통해 원하는 삶을 살아가고 있다고 보는가?

끊임없이 성장하고 저변이 확장되는 삶을 살고 싶다. 그러는 동시에 성장하며 배우고 터득한 것을 최대한 내 주변 사람들과 나누고, 크게는 사회에 도움이 되고 싶다. 미술관이라는 비영리기관에서 일하는 것 또한 이런 바람의 연장선이다. 나는 미술관을 단순히 미술 작품을 소장하고 전시하는 공간이라고만 생각하지 않는다. 당대의 중요한 담론을 생성해 냄으로써 동시대 사회와 문화에 큰 영향을 끼치는 중요한 공공기관이라고 생각한다.

미술 작품 속에는 작가 개인의 생각과 가치관, 미적 기준뿐만 아니라 작가가 해당 작품을 구상하게 된 사회적, 문화적, 정치적 배경이 고스란히 담겨 있다. 그리고 그중 당대의 중요한 가치관을 잘 반영한 미술작품은 문화유산으로 지정되어 후대 사람들에게 전달된다. 그런 의미에서 가치 있는 미술품과 당시의 담론을 대중과 공유하고, 대중에게 문화를 향유하는 방법을 교육하는 등 미술관은 대중과 소통하는 역할을 해야 한다. 이를 위해서는 미술관 내에서 다양한 일을 하는 수많은 사람들의 협력이 중요한데, 그중에서도 큐레이터의 역할이 중추적이다.

큐레이터가 담당하는 전시기획 업무는 그 자체가 예술이다. 큐레이터는 전하고 싶은 당대의 담론을 찾아내고, 이런 담론을 잘 전할 수 있는 작가와 작품을 선정하기 위해 작가나 작품뿐만 아니라 우리가 사는 사회와 세상에 대해 끊임없이 공부한다. 그러므로 큐레이터에게는 역사의 흐름을 읽는 통찰력, 열린 시각, 좋은 작가와 작품을 골라내는 안목, 작가들과의 소통 능력 등 다양한 자질이 요구되는 것 같다.

여기에 더해, 실제 전시기획을 진행하고 현실화하는 과정에서는 미술관 안팎의 다양한 기관이나 관계자와 협력해야 한다. 그렇기 때문에 자연스럽게 미술업계의 꽃은 전시기획 업무를 하는 사람이라는 생각을 항상 해왔다. 그렇지만 미술업계에 종사하는 기간이 길어지고 스스로도 직업에 대한 자부심이 쌓이면서, 이런 관점도 조금 더 넓어졌다. 미술관의 전시기획이라는 소프트웨어가 탄탄하기 위해서는 하드웨어가 잘 갖춰져야 하며, 이때 가장 중요한 하드웨어란 자본력이라고 생각한다. 큐레이터를 비롯한 미술관의 구성원들이 각자의 역할을 잘 수행하기 위해서는 재정적인 뒷받침이 필수다. 그렇기에 나는 미술관의 펀드레이징 담당자로서 상당한 사명감을 지니고 일하고 있다.

5. 수많은 도시 중 뉴욕을 활동 무대로 삼게 된 계기는 무엇이며, 뉴욕 '아트 신'만의 장점은 무엇이라고 생각하는가?

뉴욕은 동시대 미술의 중심지 중 하나이기도 하고 각양각색의 다양한 사람들이 모여 사는 곳이다. 그러다 보니 학업, 일 영역 외의 생활 면에서도 지금껏 살아온 방식 외의 다양한 삶의 모습들을 보고 경험하면서, 시야가 넓어지고 성장할 기회로 삼을 수 있으리라 생각했다. 그리고 실제로도 뉴욕은 상상 이상의 다양한 사람들, 음식, 건축, 예술 문화를 품고 있기에 이를 경험하는 매 순간이 참 좋다.

학교나 직장에서 만난 사람들 중에는 뉴욕에 정착하는 경우도 있었지만, 대부분 뉴욕은 거쳐가는 장소인 경우가 많았다. 특히 지난 2년이 넘는 팬데믹 기간 동안 많은 친구들이 고국으로 돌아갔다. 나 또한 MoMA로 이직하기 바로 직전까지는 가족이 그리워서 아예 귀국할 마음을 먹기도 했다.

하지만 이제는 뉴욕이 제2의 고향으로 생각될 정도로 정이 많이 붙었다. 서울에 이은 또 다른 집이라고 생각하니, 그만큼 의지하고 기대는 마음도 든다. 그래서인지 힘든 시기가 닥칠 때면 배신감과 힘든 감정도 그만큼 커지는 애증의 관계가 되었다. 어딜 가든 완벽한 도시는 없고 다 제각각 장점과 단점이 있겠지만, 뉴욕은 가장 버거우면서도 가장 자유를 느끼게 하는 모순적인 매력을 가진 도시다.

특히 처음 보스턴에서 뉴욕으로 왔을 때, 이곳은 내가 가장 나다울 수 있는 도시라는 인상을 강하게 받았다. 미국에서 오래 살았지만 늘 스스로를 타지에서 온 이방인이라고 여기며, 이곳의 문화나 사고방식에 적응하고 동화되어야 한다는 압박을 느껴왔다. 물론 지금도 이런 생각이 없는 것은 아니지만, 뉴욕은 '미국스러움'을 강조하거나 특정 정체성을 강요하지 않고 나라는 사람을 있는 그대로 받아주는 느낌을 받는다.

이제 뉴욕에서 지낸 지도 6년이 넘었다. 그 시간 동안 뉴욕에 나만의 '해피 플레이스'가 생기기도 했다. 뉴욕에 위치한 수많은 미술관과 갤러리를 가는 시간을 제외하면, 반려견 모이를 산책시키러 가는 집 앞 작은 공원이 가장 즐겨 찾는 장소다.

브루클린의 그린포인트Greenpoint나 윌리엄스버그 지역도 자주 가고 특히 프로스펙트 파크Prospect Park 주변 동네를 매우 좋아한다. 관광객들이 많은 미술관, 그리고 정신없는 미드타운에서 일해서인지 쉴 때는 관광객보다는 로컬이 많이 다니는 아기자기하고 평화로운 곳을 선호하는 편인데, 프로스펙트 파크 주변 동네가 그렇다. 날씨가 좋을 때는 이스트 리버East River 강가를 따라 자전거를 타며 맨해튼 뷰를 감상한다. 맥널리잭슨 북스McNally Jackson Books, 워드Word, 북컬처Book Culture 등의 독립 서점들도 자주 가는 편이고, 나이트호크 시네마Nighthawk Cinema나 윌리엄스버그 시네마Williamsburg Cinemas에 가서 종종 영화를 보거나, 좋아하는 커피를 마시러 카페 이곳저곳도 탐험하러 다닌다.

뉴욕 미술시장의 특징을 한마디로 표현하자면, 참 역동적이다. 언제나 눈 깜짝할 새 바뀐다. 뉴욕은 늘 새롭고 다채로운 미술이 등장하는 곳이다. 하지만 뉴욕 미술시장에도 어두운 면은 존재한다. 뉴욕을 비롯한 미술시장 전반에는 무급으로 일하는 '열정페이' 인턴이나 보험 없이 일하는 종사자가 너무 많다. 뉴욕이나 미술시장에만 국한된 문제는 아니지만, 뉴욕 미술시장의 생태계가 더 건강해졌으면 한다.

다양성 이슈도 뉴욕 미술계가 늘 짊어지고 있는 숙제 중 하나다. 대표적인 예가 미술관 이사회의 구성원 비율인데, 뉴욕에 위치한 대다수 미술관 이사회 멤버들 중 과반수 이상 혹은 대부분이 백인 남성이다. 스태프들 또한 리더 자리는 주로 백인이 차지하고 있다. 미술관에서 소장하는 작품의 취득과 운영에 관한 결정은 대부분 이사회에서 이뤄진다. 아무리 다양성이라는 관점에서 결정하고자 하더라도, 실제로 다양한 인종이나 성별로 구성된 이사회가 아니라면 한계가 있을 수밖에 없다. 많은 기관들이 바뀌기 위해 노력하고 있지만 아직은 갈길이 멀어 보인다.

6. 10년 뒤의 나는 어디에서 어떤 비전을 이루고 있을까?

장기적으로 내가 이루고 싶은 비전은 뉴욕의 미술관에 보다 다양한 인종, 역사, 배경을 지닌 후원자들을 늘리는 것이다. 다양한 후원자들과 미술관 사이에 더욱 건강한 관계가 형성되어 보다 더 다양한 배경과 이야기를 가진 작가들이 후원받고, 미술관에 이들의 작품이 소장되었으면 한다. 이렇게 소장된 작품을 바탕으로 더 넓은 저변의 대중에게 관련 전시 및 프로그램이 공유됨으로써, 미술관을 찾는 사람들이 다양하게 확대되었으면 하는 바람이다. 현재 담당하는 펀드레이징 업무를 비롯해, 그 외 가능한 방법으로 차곡차곡 이뤄가고 싶다.

또 요즘은 뉴욕이라는 이 도시에서, 젊은 아시안계 작가와 후원자가 함께 상생할 수 있는 커뮤니티를 고민하고 있다. 쉽게 말해 후원 의사를 가진 커뮤니티와 후원이 필요한 커뮤니티를 이어주는 것이다.

오늘날 MoMA를 비롯한 미국의 여러 주요 미술관에서는 흑인 미술을 강하게 지원하고 있다. 그러나 이에 반해 아시안 미술에 대한 후원은 상대적으로 부족하게 느껴진다. 그 이면에는 여러 역사적, 제도적 이유가 있기에, 내가 지금 있는 이곳에서 할 수 있는 활동에 집중하려고 한다.

이를 위해 아시안계 작가의 활동을 후원할 의사를 가진 컬렉터 혹은 자산가를 미술관 관계자들에게 소개해 준다거나, 아시안계 작가의 전시가 주목받을 수 있도록 주요 미술 언론에 비평 기고가 가능한 전문 비평가들을 연결해 주고 있다. 이렇게 아시안계 작가들을 소개하고 이어주기 위해 기회가 될 때마다 전시회나 스튜디오를 찾고, 뉴욕에서 현재 활발하게 활동하고 있는 이들의 작품과 그 활동을 꾸준히 연구하는 중이다.

단기적으로는 MoMA가 직원들에게 주는 복지 혜택을 십분 활용해 개인적인 자기계발도 해나갈 예정이다. 직원들을 대상으로 학비를 지원하는 수업료 환급Tuition Reimbursement 프로그램이 있어 업무와 관련된 수업을 찾아 들을 수 있다. 이 기회를 활용해 데이터베이스를 다룰 때 필요한 코딩 수업을 들으려고 계획 중이다.

7. 미술시장, 특히 뉴욕 미술시장으로의 진입을 꿈꾸는 이들에게 해주고 싶은 말이 있다면?

당연한 얘기일 수 있겠지만, 끊임없이 작가들에 대해 공부하고 새로운 전시, 미술관 그리고 다양한 미술기관에 찾아가고 리서치해 보는 것을 권한다. 뉴욕에는 전시를 기획해서 보여주는 기관뿐 아니라 작가들의 예술활동을 지원하는 기관까지 정말 다양한 단체가 존재한다. 나는 뉴욕에 와서 내가 어떤 기관에서 어떤 일을 왜 하고 싶은지에 대해서 끊임없이 고민해 오며 커리어를 쌓았는데, 나의 관심사와 뉴욕 미술계의 지형도를 비교적 정확하게 파악하려고 노력해 온 것이 지금까지도 일적으로 큰 도움이 되고 있다.

미국, 그중에서도 뉴욕의 미술관에 한정된 내 경험에 비춰 말하자면, 미술관에는 큐레이팅뿐만 아니라, 펀드레이징, PR, 마케팅, 파이낸스, 전시 디자인, 작품 보존, 건물 보안 관리 등 생각보다 다양한 업무가 있다. 그러므로 분야에 따라 요구되거나 필요한 자질 또한 다양하다. 내 경우 미술사를 전공하고 상업 갤러리, 미술관, 아티스트 레지던시 같은 비영리기관 등 다양한 곳에서 인턴을 거쳤다. 이 시기 동안 동시대 미술과 미술계에 대한 이해도를 높이고, 펀드레이징 관련 실무 경험을 쌓은 것이 도움이 되었던 것 같다.

펀드레이저라는 직업에 관심이 있는 분들에게 조금이라도 도움이 되었으면 하는 마음에 말하자면, 내 경험상 이 직업에는 몇 가지 능력이 필요하다. 다양한 사람들과 관계 맺고 대화하는 소통 능력, 기금 요청 레터 및 리포트를 작성할 수 있는 글쓰기 능력, 회계와 세금 관련 문서에 대한 이해, 분석 및 작성 능력, 펀드레이징 관련 데이터베이스 활용 능력, 다양한 정보를 수집해 복합적으로 이해하고 적용시킬 수 있는 능력 등이다. 포지션에 따라 이벤트에 차출되어 일하는 등 초과 근무를 하거나 외부 행사에 참석하는 경우도 잦기 때문에 이런 사항을 미리 알아두면 좋다.

미술을 향유하는 문턱을 낮추다

비영리법인 미술재단 운영 이지영
@ **AHL Foundation**

인터뷰에 앞서

'태어나는 국가를 정할 수 있다면, 어디에서 태어나고 싶은가?'라
는 질문에 이지영 디렉터는 단 한 순간의 망설임 없이 프랑스라고 답
했다. 복지제도를 비롯한 프랑스의 전반적인 사회제도가 그 이유라고
했다. 또한 프랑스인들은 '실패'에 대해 상대적으로 너그러운 사회적
분위기 속에서 교육을 받고, 예술을 포함한 자신을 둘러싼 환경에 대
해 기본적인 관심이 높아 결과적으로 풍성한 삶을 살아가기 때문이라
고 설명했다. 알고 지내는 몇 명의 프랑스인을 떠올리니, 대체로 그런
것 같아 수긍이 갔다.

한국도 이제 예술에 관심을 갖는 사람들이 많아졌고 어엿한 미술
시장의 한 중심지가 되었지만, 예술을 삶의 자연스러운 일부로 인식
하는 경우는 드물어 보인다. 이지영 디렉터와 인터뷰를 하며 그의 가
치관이나 추구하는 바를 알고 나니, 어떤 이유에서 예시로 들었는지
이해가 갔다.

어느 문화권에서 태어나더라도 인류 모두가 동의하는 보편 개념이
존재한다. 황금비율과 같은 조형미나 약자 보호 등의 사회정의는 인

간이라면 자연스럽게 동의하는 보편 개념이다. 여기에는 예술의 공공성과 사회적 가치도 포함된다. 예술은 사회 구성원으로서 대중이 향유할 수 있어야 하며 그 접근성이 계속해서 확장되어야 한다. 그런 의미에서 이지영 디렉터는 보편적 정의에 대해 꾸준히 고민하고, 접근성을 확대하기 위한 활동을 이어가고 있었다. 그와의 만남은 뉴욕 미술시장의 다른 면모를 볼 수 있는 값진 기회였다.

이지영 디렉터를 만나기 전까지 나는 대체로 협의의 미술시장을 경험했을 뿐이었다. 이지영 디렉터를 통해서는 광의의 미술시장에 대한 관점을 들을 수 있었다. 뉴욕은 프라이빗 마켓private market에서뿐만 아니라 공공 부문의 퍼블릭 섹터public sector를 위한 미술도 개인의 주도나 참여로 이뤄지는 경우가 상당했다. 일례로 미술관에 작품을 기부해 대중과 작품을 향유하는 역사가 오래되었을 뿐만 아니라, 매해 기증되는 작품의 수도 많다.

그중에서도 한국 미술시장과의 가장 큰 차별점은 개인 주도의 비영리 공익법인인 미술재단의 숫자나 그 역할이다. 이들은 각자의 미션을 설정하고 이를 실천하는 것을 설립 목적으로 한다. 장애가 있는 집단, 특정 인종 또는 국가의 예술가들이 뉴욕에서 보다 안정적으로 작업 활동을 할 수 있도록 지원하는 것, 초등학교와 같은 기초 교육기관에 미술관을 설립해 어린 나이부터 예술의 필요성을 깨우치게 하는 것 등 비영리 공익법인의 설립 취지는 다양하다. 이들은 사회 구성원들 누구나 예술을 가까이 접하고 즐길 수 있도록 하고, 이들에게 예술의 필요성이나 교육의 기회를 제공해 주는 역할을 담당한다.

미술시장이 건강하게 발달하기 위해서는 다방향적인 노력이 필요하다. 돈이 되는 작품만 사고파는 것은 미술시장의 존재 목적이 아니다. 특히 2차 미술시장에서 작품 생산자인 아티스트의 존재가 퇴색되고, 이들에게 돌아갈 보상이 온데간데없이 사라지는 것은 큰 문제다. 예술을 창조하고 생산하는 작가들이 안정적으로 작업 활동을 해나가려면 미술시장에서 그들의 가치가 적정하게 인정받아야 한다.

사회의 전반적인 문화나 교육을 통해 어릴 적부터 예술에 대한 감상appreciation을 갖추게 되면, 어떤 작가가 돈이 되더라는 획일적인 관점에서 벗어나 자신의 취향이나 감성에 맞는 작가들을 탐구할 수 있다. 그런 작가들의 성장을 응원하는 것은 그들이 자연스럽게 시장에서의 가치를 형성하게 하는 데에 큰 기여를 할 것이다.

다행히 이제 한국에서도 개인의 주도로 설립되는 미술재단 법인이나 아티스트 또는 그 관계인으로 구성된 아트 컬렉티브 집단 등, 미술의 공익적 역할을 견인하는 조직이 많이 생겨나고 있다. 이런 희망적인 변화의 움직임이 일회성으로 끝나지 않고, 앞으로 한국 미술시장을 이끄는 힘으로 자리 잡기를 바란다.

1. 본인의 직업을 간략하게 소개해 달라.

뉴욕 할렘Harlem에 위치한 한인 예술 지원 비영리 단체 '알재단AHL Foundation, 이하 AHL 재단'에서 프로그램 디렉터로 일하고 있다. AHL 재단은 미국에서 활동 중인 한국계 작가들을 지원하는 비영리기관으로, 재단이 중시하는 가치인 아트Art, 휴머니티Humanity, 러브Love의 약자를 따서 이름 지어졌다. AHL 재단은 한국계 작가들이 자신의 작품을 선보일 수 있는 기회를 얻고, 신진 작가들이 지속적으로 작업할 수 있는 기반을 마련하기 위한 역할을 하고 있다. 또한 미국 내에서 한국 현대 미술을 향유하는 커뮤니티를 확장하고자 한다.

나는 AHL 재단에서 풀타임 직원으로서 전시기획, 설치 및 철수, 프로그램 브로슈어 디자인 및 제작, 웹사이트 개발, 소셜미디어Social Network Service, SNS 관리, 후원자 커뮤니케이션 그리고 재미 한인 아카이브Archive of Korean Artists in America 운영까지 모든 업무 전반을 담당하고 있다. 2023년부터는 뉴욕 주와 정부 기금 프로포절proposal과 일반 재단 후원금, 펀드레이징 관리에 더욱 집중할 예정이다.

2. 현재의 직업을 선택하게 된 계기는?

AHL 재단에 합류하기 이전에는 광주광역시 소재 문화체육관광부 국립아시아문화전당에서 근무했다. 국립아시아문화전당이 개관한 2015년부터 뉴욕으로 유학 오기 전 2019년까지 4년간 문화창조과 홍보팀 소속으로 일했다. 대학 재학 시절 공사 중이던 전당 건물이 차근차근 지어지는 과정을 보면서, 졸업 후 '이곳에 취직하면 좋을것 같다'고 막연히 생각했던 곳이었다. 이곳에 흥미를 갖게 된 데에는 국립아시아문화전당이 '문체부 창설 이래 가장 규모가 큰 문화 사업'이라던 교수님이나 학교 선배의 설명이 한몫했다.

그 생각은 현실이 되어, 나는 졸업 후 자연스럽게 개관국에 합류하게 되었다. '거대' 국립 문화기관이 개관을 앞둔 만큼 지역 방송과 라디오 방송에 직접 출연하는 등 직접 발로 뛰며 홍보에 최선을 다했다. 일의 절대적인 양도 많고 종류도 다양했지만, 해보고 싶었던 일을 시도하고 현실로 만들면서 사회 초년생으로서는 경험할 수 없는 흔치 않은 기회도 많이 얻었다.

내가 국립아시아문화전당에서 주로 담당했던 업무는 온라인 홍보와 소셜미디어 관리였다. 국립아시아문화전당이 운영하는 어린이문화원, 문화정보원, 문화창조원, 예술극장 등 다른 부서의 담당자들과 매일 아침저녁으로 소통하며 홍보 콘텐츠를 함께 고민했다. 개관 시기에는 외국 손님을 위한 의전 업무도 잦았다. 특히 개관식에 참석한 아시아 17개국 출신의 외신 기자와 미국 대사관 참석자를 위한 의전 프로젝트에 참여한 것이 기억에 남는다.

한편 온라인 홍보를 담당하며 자연스럽게 디지털 마케팅 및 커뮤니케이션에도 관심이 생겼고 문화기관의 디지털 전략을 보여줄 수 있는 방안을 고민하기 시작했다. 이 새로운 케이스를 공유하는 플랫폼이 필요했는데, 뮤지엄 국제 컨퍼런스인 뮤지엄 넥스트Museum Next 등의 사례에서 실마리를 얻었다. 그렇게 국립아시아문화전당 국제 라운드테이블을 동료들의 협력 속에서 기획하기에 이르렀다.

이때 브루클린미술관Brooklyn Museum, 파리 퐁피두 센터의 프랑스 국립현대미술관Musée National d'Art Moderne, 홍콩의 엠플러스M+ 미술관 및 아시아 아트 아카이브Asia Art Archive, AAA, 뉴욕의 유대인 문화유산박물관Museum of Jewish Heritage, 아트시Artsy 등 다채로운 미술관 및 문화 조직의 디지털 업무 관계자들을 초대했는데, 한마디로 기관 간 사례를 공유하는 자리였다. 홍보 에이전시와 함께 2017년부터 2019년까지 총 3회를 기획했고, 초기에 소셜미디어를 활용한 홍보 케이스 전략 공유에서 시작해 차츰 미술관의 디지털화와 디지털 전략으로 주제를 발전시켜 갔다.

패널들은 각 미술관이 미술관과 전시 홍보를 위해 디지털 도구를 어떻게 효과적으로 활용했는지 대중과 생생한 사례를 공유했다. 무엇보다 각 기관에서 참여한 홍보 담당자들 간에 활발한 논의와 공유가 이뤄져 온라인 홍보의 실천적이고 발전적인 방향성을 함께 모색할 수 있었다. 이는 이 프로그램의 가장 큰 성과였다. 미술관에서 근무하는 사람들은 물론 일반 대중에게도 흥미로운 주제였기 때문에 당시, 행사는 매회 매진을 거듭했다.

그렇게 잘 다니던 국립아시아문화전당을 뒤로하고 2019년 여름 뉴욕에 왔다. 어릴 적부터 뉴욕에 대한 환상이 있기는 했지만, 드라

2019 국제 라운드테이블에서의 Q&A 시간 진행

마틱하게 자리를 박차고 떠나왔거나 미국에서 꼭 성공해야겠다는 큰 뜻을 품고 온 것은 아니었다. 한국-미국 정부가 지원하는 대학생 연수 WEST_{Work, English, Study, Travel} 프로그램을 통해 대학을 갓 졸업한 2013년 1월부터 약 반년간 뉴욕 퀸즈미술관_{Queens Museum}에서 인턴으로 일했다. 이때의 경험은 내 개인적 삶이나 직업적 가치관을 정립하는 계기가 되었으며, 동시에 꼭 다시 뉴욕으로 돌아와서 미술이나 미술관 관련 일을 하고 싶다는 강한 욕망을 품게 했다.

또 디지털 시대에 미술관의 향유층을 확대하고 접근성을 확대하는 방법이 무엇일지, 이를 직접 연구하고 싶다는 생각이 강하게 들었다. 차근차근 영어 성적을 비롯한 학교 지원 서류를 준비해 2019년 가을 뉴욕의 프랫 인스티튜트_{Pratt Institute}에서 '박물관과 디지털 문화학_{Museums and Digital Culture}' 과정을 시작했다.

그렇게 2021년 팬데믹 동안 석사 학위를 취득했고 디지털 인문학_{Digital Humanities} 과정도 수료했다. 디지털 인문학은 다소 생소할 수 있는 분야인데 이를 쉽게 설명하면, 디지털 기술이라는 미디어를 통해 인문학 연구와 교육, 그리고 이를 바탕으로 한 창조적인 연구 활동을 지속하는 것이다.

재학 시절, 뉴욕 공원의 나무 종류에 관한 공공 데이터를 이용해 미국 역사를 분석한 프로젝트에 참여하기도 했다. 나무가 심어진 시점과 해당 종의 본래 유래 지역에 대한 디지털 데이터 분석을 통해, 미국 탈식민 역사의 흐름을 조망하는 데 연구 목적이 있었다. 학부에서는 미술 이론을 전공했다면, 대학원에서는 업무와 실전이 접목된 형태의 공부를 했던 것이다.

현재 속해 있는 AHL 재단은 대학원을 다니던 중 몸담게 되었다. AHL 재단은 2003년 이숙녀 회장이 사회에 공헌하고자 하는 뜻을 지인들과 한데 모아 시작한 공공 비영리 재단이다. 매년 5만 달러 이상의 그랜트grant, 펠로우십fellowship, 현대미술상을 미국 내 한국계 미술인에게 수여하고, 재미 한인 작가와 연구자, 큐레이터에게 전시 참여와 기획 및 출판 등 다양한 기회를 제공하고 있다.

특히 요즘은 문화계 전반에서 한국의 위상이 높아진 결과, 자연스럽게 젊은 한인 작가에 대한 관심도 함께 높아졌는데, 그만큼 할 일이 점점 더 많아지고 있다. 이렇듯 AHL 재단은 내 전공인 미술 관련 일을 하면서도, 한국계 미술인들을 지원하고 지역사회에 알리는 공익적 가치에도 기여하고 있다. 그런 점에서 내 직업적 가치관과도 잘 맞는다.

또한 AHL 재단의 다양한 업무 중 빼놓을 수 없는 것이 아카이빙archiving이다. 이곳저곳에 산재해 있는 재미 한인 작가들에 대한 정보를 한곳에 모아 정리함으로써, 향후 이들에 대한 연구에서 체계적으로 정리된 데이터를 수월하게 활용할 수 있도록 했다. 더 나아가 아카이브를 디지털화하는 온라인 아카이브 인터페이스 개발도 진행했다. 이처럼 디지털, 박물관학 등 석사 때 고민하고 연구했던 것들을 업무에 바로 적용할 수 있다는 것은 큰 장점이다.

이뿐만 아니라 소규모 비영리기관인 만큼 내 역할의 범위를 자율적으로 정할 수 있다는 것 또한 큰 이점이다. 재단에 합류한 지 얼마지나지 않아 재단 웹페이지 접근성 확대를 위해 업데이트 의견을 내었는데, 바로 직접 맡아 실행하기도 했다. 또한 AHL 재단은 2003년 설립 시기부터 첼시 지역에 오피스만 갖추고 있었는데, 2022년 4월 갤러리와 아카이브 룸을 포함한 실제 전시 공간을 뉴욕 웨스트 할렘에 개관한 일도 있었다. 당시로서는 일을 시작한 지 1년도 채 되지 않았지만 업무 전반을 맡아 구매 과정, 조명 공사, 작품 설치 등 모든 단계에 참여했다.

국립아시아문화전당 개관을 거쳐 AHL 재단의 새로운 갤러리 개관을 위해 일하게 되다니, 확실히 '개관복'은 있는 것 같다. 이외에도 지금까지 진행했던 30여 명의 작가 인터뷰집 출간을 목표로 준비하고 있고, 앞으로는 디지털 전략과 행정 업무 외에도 정부 대상 보조금과 기금 확보로 일의 비중을 늘려볼 예정이다.

3. 직업 활동에서 가장 희열을 느끼는 순간은 언제인지? 반대로 가장 좌절했던 순간이 있다면?

좋은 작업을 하는 작가나, 혁신적인 생각을 통해 보다 나은 환경을 만들어나가는 예술계 동료를 보면 희열을 느낀다. 나 또한 그런 시도를 주도한 적이 있는데, 국립아시아문화전당 개관 시기에 국내 문화예술 기관 최초로 전시 및 기관 '수어 스트리밍 서비스'를 도입한 것이었다.[•] 미술관이 더 많은 대중을 포용하기 위해서는 접근성부터 확대해야 한다는 문제의식이 그 시작이었다. 평소 나는 미술관을 비롯한 문화기관이 모두에게 열린 형태로 예술을 향유할 수 있어야 한다는

• 라이브 스트리밍을 통해 '수어'로 전시와 기관을 소개하는 캠페인 #ACCess

2017 ACC 라운드테이블 첫 발표 자리에서

믿음을 갖고 있었다. 그래서 자칫하면 난해하게 여겨지기 쉬운 현대
미술과 아름다운 미술관 건축물의 역사 또한 수어로 '당연히' 즐길 수
있어야 한다고 생각했다.

그 무렵 친한 동료도 자신이 속해 있던 고객서비스팀에서, 방문객
에게 수어 서비스를 직접 제공하는 투어 프로그램을 론칭했었다. 서
로가 믿는 비슷한 가치를 추구하는 과정에서 자연스럽게 수어 통역사
분의 정보를 공유하기도 하고 많은 대화를 나눴는데, 함께 긍정적인
시너지를 발휘하며 성장했던 시기로 기억한다. 지금 생각해도 참 즐
겁게 일했다.

당시 수어 통역사분에게 전해 듣기로는 한국 청각장애인 커뮤니티
사이에서 우리가 만든 수어 스트리밍 영상이 널리 공유되었다고 한

다. 미술관을 조금 더 많은 사람들이 접근 가능한 공간으로 만들었다는 데에서 큰 희열을 느꼈다. 동시에 일적으로 같은 가치관을 공유하는 동료와 작은 혁신을 함께 만들어나가는 과정도 즐겁고 뿌듯한 경험이었다.

뉴욕에서의 생활을 돌이켜 보면 뿌듯했던 순간이 여럿 있다. AHL 재단은 비영리재단인 만큼 작품 전시 및 판매를 통한 영리 추구보다 작가가 실험적인 작품을 시도할 수 있는 토대를 마련해 주고자 한다. 이처럼 시장성에 얽매이지 않아도 된다는 점은 일을 하는 과정에서도 많은 보람을 가져다 줬다. 또한 대학을 갓 졸업해 작가로서 커리어를 시작한 아티스트부터 중견 작가에 이르기까지 다양한 작가와 협력 프로젝트를 할 수 있는 것도 좋았다.

이와 관련해서는 AHL 재단의 현대미술상을 수상했던 한 작가가 가장 먼저 떠오른다. 해당 작가는 살인적인 물가에, 자신의 작품도 알아주지 않는 뉴욕에서 작가로 실패한 것은 아닌지 스스로를 의심하며 너무 힘들었다고 한다. 하지만 AHL 재단 수상 이후 작가로서 다양한 기회가 많아지고 커리어에도 좋은 영향을 받게 되었다며 감사 인사를 전해왔다. 현재도 해당 작가는 개인전, 아트페어와 레지던시 프로그램 등에 꾸준히 참여하며 계속해서 성장한 결과 차세대 기대주로서 탄탄대로를 달리고 있다. 나로서도 AHL 재단의 진정한 미션과 비전을 다시 새길 수 있어 뿌듯하고 자랑스러웠다.

한편 2020년 6월 AHL 재단에서는 온라인 갤러리를 론칭해, 팬데믹 시기에 갤러리에 가고 싶어도 가지 못하는 사람들에게 좋은 반응을 얻었다. 현재까지 총 6회의 온라인 전시가 기획 및 진행되었다. 개인적으로는 미국 전역에 있는 한국계 입양인 작가들의 작품 전시가 가장 기억에 남는데, 부대 행사로 전 세계 한국계 입양인 커뮤니티와 함께 온라인 라운드테이블도 진행했었다.

이 행사는 작품 전시에서 더 나아가 입양인 커뮤니티에서 갖고 있는 가족관이나 사회관, 그리고 초국가적 입양에서 오는 정체성 및 국가관의 혼란 등 다양한 사회적인 메시지를 던졌다는 데에 큰 의미가 있었다. 동시에 내가 공부한 디지털 기술과 미술, 인문학에 대해 새로운 확신을 하는 계기도 되었다. '디지털'이 더 이상 단순한 개념에서 머무는 것이 아니라 하나의 사회적 가치가 되어가고 있다는 생각을 했다.

사실 힘들었던 순간은 잘 떠오르지 않는데, 워낙 활달하고 다양한 것을 보고 느끼는 것을 좋아하는 성격이라 그런지 타향살이의 어려움보다는 뉴욕에서 느끼는 즐거움이 상대적으로 더 크다. 그래도 굳이 뽑자면, 한국에서 30대까지 일을 하다 왔기에 다시금 뉴욕의 비영리 재단, 펀딩, 기금 마련 시스템 등을 공부하며 익숙해지는 과정을 겪어야 했다는 점이 힘들었다. 또 예술과 사회는 떼어놓을 수 없는데, 미국과 뉴욕의 사회문제를 너무 모르는 것이 아닌지, 이곳에서 태어나거나 자라면서 느낄 수 있는 정치 감성 등 내가 놓치는 부분이 있지는 않은지 계속해서 스스로에게 질문하게 된다. 그럴 때면 가끔 자신감이 줄어들기도 한다.

이외에 현실적인 어려움도 있다. 비영리재단에서 일하기 위해서는 공익적 목적과 커뮤니티에 기여하는 방법을 동시에 생각해야 한다. 또한 담론을 따르기보다는 새로운 담론을 만들어가는 능력도 중요한데, 그래야 비영리재단의 미션과 비전에 공감하는 '팔로어follower'를 얻을 수 있기 때문이다. 나 또한 내가 속한 비영리재단에서 이런 담론을 생성해 가고 싶은 욕심이 있지만, 적은 인력과 한정된 자원으로 고군분투해야 한다는 점이 어렵기도 하다.

자극적이고 정신없는 이 거대한 도시에서 살다 보면 눈 깜빡할 사이에 시간이 가버린다. 나 자신, 내 길 그리고 뉴욕에 온 이유 등에 대해 끊임없이 되뇌지 않으면 뉴욕이라는 도시의 에너지에 흡수되거나 휩쓸릴 것만 같아 조금은 두려운 마음도 든다. 누군가는 그것이 뉴욕의 매력이라고는 하지만, 가끔 내가 이 거대한 곳에서 무슨 일을 하고 있는지 의문이 들 때도 있다. 뉴욕은 자기중심을 잘 잡아야 살아남을 수 있는 곳인 것 같다.

4. 삶에서 소중한 가치관은 무엇인가? 본인의 직업을 통해 원하는 삶을 살아가고 있다고 보는가?

질문을 받고 꽤 오랜 시간 고민해 봤는데, 아무래도 나는 소위 '폼생폼사'인 것 같다. 나는 인간으로서 갖는 존엄dignity이 가장 '멋'있고 중요한 가치라고 생각한다. 내가 생각하는 인간으로서의 존엄이란, 자신의 개인적 영달보다는 사회적 가치, 보편적 가치를 추구하며 살아가는 것이다. 이런 가치를 지속적으로 추구하고 실현하는 데에서 큰 기쁨을 느낀다.

미술 이론을 전공하고 정부기관에서 일하며, 자연스럽게 이 사회에서 '모두를 위한' 문화기관이 무엇인지 늘 고민했다. 미술관 종사자라면 사회의 소수자와 약자를 보호하고, 이들에게 더 큰 복지가 마련되어야 한다는 보편적 정의를 위해 노력해야 한다고 생각한다. 미술관은 대중을 위한 것이고, 이런 대중에는 당연하게도 소수자와 약자가 포함된다. 그렇다면 이들도 여타 대중과 마찬가지로 미술관과 미술 작품에 별다른 어려움 없이 접근할 수 있어야 한다.

가령 몸이 불편한 사람이 휠체어를 타고 미술관을 방문한다고 하자. 전시를 돌아보는 과정에서 그 어떤 불편함도 없도록 전시 공간을 설계하는 것, 이것이 내가 생각하는 보편적 정의를 지키고 실현하기 위한 직업적 활동이다. 이로써 자연스럽게 국립아시아문화전당과 AHL 재단에서도 소수자나 약자의 미술관 접근성 확대나 비주류 작가들을 위한 전시 기회 마련과 같은 프로젝트에 관심을 갖게 되었다.

사실 미술과 사회적 가치의 접점에 대해 처음부터 관심이 있었던 것은 아니다. 서울에서 태어났지만 전라남도 광주에서 자란 덕에 자연스럽게 1995년 최초 개최된 광주 비엔날레로 미술을 처음 접했다. 그 덕에 내가 태어나 접한 미술관은 '축제'이자 '세계인이 즐기는 이벤트'라는 이미지가 강했다. 그런데 시간이 흐르며 문득 미술관의 본질적 기능에 대해 궁금증을 갖게 되었다. 나는 미술관에 가서 전시를 보는 것이 즐겁고 재미있는데, 우리 부모님만 보더라도 미술에는 도통 관심이 없다. 도리어 전시를 진심으로 즐기는 나를 신기한 눈으로 바라본다.

미술관을 찾아 미술을 향유하는 사람들과 그렇지 않은 사람들의 차이는 어디에서부터 비롯되는 것인가? 이것이 내가 처음으로 가진 문제의식이었다. 일상에서 미술을 자연스럽게 접하지 못했거나, 미술관에서 관람하는 재미를 누구도 가르쳐주지 않았던 것이 아닐까? 미술관이 삶과 동떨어진 장소라는 생각, 미술이 상대적으로 시간이나 경제 면에서 여유 있는 사람들을 위한 전유물이라는 편견, 어렵고 심오하다는 고정관념이 있기 때문이 아닐까? 여러 가지 질문을 동시에 던져보고는 했다.

국립아시아문화전당에 합류하기 전, 뉴욕 퀸즈미술관에서 인턴 생활을 하며 질문들에 대한 실마리를 얻었다. 퀸즈미술관은 브롱크스미술관Bronx Museum of the Arts과 같은 뉴욕 시립 미술관의 롤 모델로서, 선구적인 현대미술관이다. 퀸즈 지역은 뉴욕의 여타 자치구borough 중에서도 이민자 인구 유입이 가장 많은 만큼 인종적 구성이 다양하다. 그래서인지 퀸즈미술관에서는 이민자 커뮤니티를 대상으로 하는 여러 가지 프로그램을 활발하게 운영하고 있다. 이는 다양한 배경을 가진 이민자들 각각의 고유문화를 존중하는 동시에, '퀸즈'라는 하나의 지역에 속해 있다는 소속감을 심어준다. 진정한 공동체를 만들기 위한 노력의 일환인 것이다.

이런 퀸즈미술관에서의 인턴 경험은 내 인생에 큰 전환점이 되었다. 당시 내가 속한 부서는 교육 프로그램 운영을 담당했었다. 미술 치료art therapy와 같은 여러 가지 교육 프로그램을 운영했는데, 교육 대상이 아주 다양했다. 미국암협회American Cancer Society와 협업하기도 했고, 특수 아동을 대상으로 진행한 프로그램도 있었다. 직접 미술관 직원들과 함께 공립학교에 파견되어 미술교육 프로그램을 제공하기도 했다.

그중에서도 특히 기억에 남는 것은 퀸즈에 거주하는 자폐 아동들의 작품 전시였다. 참가자들은 겉보기에는 퀸즈 주민이라는 것 외에 전혀 공통점이 없는 다양한 출신 배경을 가진 이들이었는데, 자폐 아동을 둔 부모라는 공통분모와 미술이라는 도구를 통해 하나의 공동체로 거듭났다. 자폐 스펙트럼 장애를 가진 자식들을 양육하면서, 부모로서 느꼈을 희로애락의 감정이 미술관에 자연스레 스며들었다. 부모들이 자신의 아이가 만든 작품을 서로 소개하고 웃는 모습을 보며 나역시 큰 감동을 느꼈다.

당시 퀸즈미술관에서 만나 함께 일했던 상사나 동료와는 10여 년이 흐른 지금까지 연락을 하며 지내는데, 아마 미술관의 사회적, 공익적 가치 추구라는 비슷한 가치관을 공유하고 있기 때문일지도 모르겠다. 현재 그중 한 명은 저소득층 청소년들을 위한 단체, 이민자들의 언어교육을 위한 비영리기관에서 일하고 있는데, 이처럼 그들 중 상당수가 현재까지도 공익을 위한 일을 하고 있다.

짧다면 짧은 반년간의 인턴 경험이었지만, 이 당시에 느낀 감정과 깨달음은 내 내면에 아주 큰 울림을 만들었다. 직업 활동이 단순히 개인적 활동이 아닌, 사회적 활동의 시작점이라는 생각을 갖기 시작한 것도 이 시기였다. 그리고 이때 형성된 가치관은 나중에 일하게 된 국립아시아문화전당, AHL 재단으로 이어졌다.

지금도 나는 내 일이 어떻게 하면 단순히 나 개인을 위한 것이 아니라, 내가 속한 사회의 발전에 보탬이 되고 긍정적 영향력을 끼칠 수 있을지를 지속적으로 고민한다. 물론 나 또한 상업 갤러리를 자주 즐겨 찾고, 심미적으로 훌륭한 작업이나 대중적이고 인기 있는 작업을 보는 것도 좋아한다. 하지만 직업 활동에서만큼은 계속해서 비영리 분

야를 추구했던 이유가 이런 가치관의 연장선이 아닐까 하는 생각이
든다.

5. 수많은 도시 중 뉴욕을 활동 무대로 삼게 된 계기는 무엇이며, 뉴욕 '아트 신'만의 장점은 무엇이라고 생각하는가?

뉴욕으로 활동 무대를 옮기게 된 가장 큰 계기는 20대 중반 가졌던 퀸즈미술관에서의 인턴 경험 때문이지만, 그보다 훨씬 이전부터 뉴욕이라는 도시를 동경해 오기는 했다. 어릴 때는 《보그Vogue》와 《엘르Elle》 같은 패션 잡지에 관심이 많았다. 좋아하는 모델들이 거주하고, 파슨스 디자인 스쿨Parsons The New School for Design, FITFashion Institute of Technology 등 유수의 패션 스쿨이 존재하는 곳이라는 점에서 뉴욕이라는 도시에 대해 자연스럽게 환상을 품게 되었다.

그리고 실제로 뉴욕에 와보니 환상이 실현되는 순간이 많았다. 어릴 적 동경하던 패션 디자이너가 동네에서 장을 보고 있기도 하고, 동네 카페에서 내가 관심 있는 분야의 저명한 사람이 책을 읽고 있기도 하다. 또 어느 길을 지나다 보면 멋진 춤을 추는 무리의 사람들도 마주칠 수 있다. 열정적인 사람들과 같은 시간대에서 일상을 살아가는 뉴욕, 골목골목이 예측 불가한 뉴욕, 오늘은 어디서 누구를 만날지 모르는 뉴욕, 나에게 뉴욕은 매력적인 이유가 너무나도 많다.

하지만 뉴욕의 무엇보다도 큰 매력은 내 전공 분야에서 즉각적으로 배우고 흡수할 자극이 넘친다는 점이다. 첼시 지역에는 런던, 홍콩, 서울, LA에 지점을 둔 세계적인 갤러리들이 일주일 내내 활짝 문을 열

2022 AHL 재단 갈라에서의 참석객 맞이

고 있다. 매주 첼시만 가도 미술시장의 흐름을 읽을 수 있고, 팬데믹 이후 낮아진 렌트비로 로어이스트사이드의 헨리 스트리트에도 갤러리가 많이 생겼다. 그곳에 가면 수십 명의 신진 작가들이 선보이는 실험적인 작품을 한번에 볼 수 있다.

내 전문 분야인 비영리 분야에서 뉴욕과 한국의 미술계를 비교한다면, 미국은 한국에 비해 민간 주도의 공공 사업이 많은 것이 특징이다. 한국 미술 분야에서의 공공 사업은 주로 정부나 정부 산하기관의 주도로 이뤄지기 때문에 지원의 폭과 대상, 사업의 내용이 다양하지 못하다는 인상을 받았다. 그에 반해 미국의 경우 개인이나 재단 법인을 통해 폭넓고 다양한 방식의 후원이 이뤄지는 편이다. AHL 재단도 물론 뉴욕 주와 시에서 일정 부분 기금을 후원받지만 가족 재단, 회사 등 다양한 루트를 통해서도 지원을 받고 있다.

또한 미국은 세법상 세금 공제 제도가 다양하기 때문에 개인에게 기부를 요청하거나 기부를 받기에도 부담이 덜하다. AHL 재단의 경우 작가들과 다양한 후원자들의 기부로 할렘의 갤러리 공간과 아카이브 룸을 구매할 수 있었다. 참고로 후원자들은 AHL 재단의 미션을 믿고 기부하므로 프로그램 기획의 자율성을 보장받는 편이다.

6. 10년 뒤의 나는 어디에서 어떤 비전을 이루고 있을까?

현재로서는 10년 뒤에 구체적으로 무엇을 하고 있을지 전혀 모르겠다. 그 어느 때보다 앞날을 알기 어려운데, 사실 어릴 적보다 미래를 계획하기에 두려움과 불확실성이 커졌다는 뜻일지도 모르겠다.

일단 당장은 AHL 재단의 갤러리가 새롭게 자리 잡은 웨스트 할렘 지역의 커뮤니티를 발로 뛰며 조금 더 살펴보고 익숙해지려고 한다. 이곳은 흑인, 히스패닉계 미국인의 비중이 높고 이 지역에 대한 거주민의 역사적, 문화적 자부심이 깊다. 이 지역을 더 배우고 이해하며, 지역민들과도 관계를 쌓고 싶다.

실제로도 새로운 이웃 주민들이 AHL 재단 갤러리에 더 많이 발걸음하고 있고, 할렘을 기반으로 활동하는 아티스트와 큐레이터를 만날 기회도 많아졌다. 나아가 2023년에는 이들과 협업 전시를 함께 기획하고, 전시 위주의 사업에서 지역 주민과 함께할 수 있는 교육 부문으로도 사업을 확장하고 싶다. 이를 위해서는 기금 확보에 관한 고민도 해야 할 것이다.

보다 중장기적으로는 석사 시절 배웠던 디지털 인문학을 더 공부하고, 가능하다면 프로그래밍을 배워 프로덕트 개발 작업에도 참여하고 싶다. 디지털 아카이브나 온라인 라운드테이블과 같은 프로그램을 운영하며 테크놀로지의 중요성을 몸소 느꼈다. 석사 과정에서 디지털 기술이 삶에 미치는 영향 등의 '큰 그림'을 배웠다면, 이후 실무를 통해 디지털 기술을 마케팅과 프로그램에 효과적으로 구현하는 '전략'을 깨우칠 수 있었다. 이제는 직접 사회적 가치를 창출하고 구현할 수 있는 '프로덕트'를 개발하고 싶다.

사실 이런 욕심은 석사 시절 연구의 연장이기도 하다. 석사 졸업 프로젝트 중 하나로 코로나 팬데믹을 주제로 삼고, 디지털 인문학을 연구 방법론으로 활용했었다. 졸업 과제 가운데 하나였는데, 팬데믹 시기에 폐쇄한 레스토랑 수와 목록을 정리해 팬데믹 시기를 함께 보낸 동시대 사람들이 무엇을 잃었는지 인문학적으로 살펴보고자 했다.

구글 맵을 비롯한 보통의 지도에는 현재 영업 중인 음식점만 표시되는데, 나는 반대로 팬데믹 기간 동안 문 닫은 레스토랑을 지도에 표시하는 작업을 했다. 이는 개념이 다른 새로운 지도였다. 여기에는 평소 단골 음식점이자 친한 친구가 운영했던 브루클린 식당이 그 계기가 되었다. 친구들과 자주 모여 즐겁게 웃던 기억이 가득한 이곳도 결국 팬데믹으로 문을 닫았다. 이를 보며 한 시대가 갔구나 하는 상실감과 허무함을 느꼈다. 나뿐만 아니라 아마 수많은 뉴요커들이 비슷한 경험을 했을 것이다.

결국 내 지도는 동시대를 살아가는 사람들이 팬데믹 기간 동안 경험한 상실감과 함께 코로나19 이전에 살아가던 평범한 일상에 대한 행복과 감사함을 공유하고 기록하기 위한 작업이었다. 더 나아가 팬데믹으로 어느 지역에서, 어떤 음식점들이 주로 피해를 입었는지와 같은 사회경제적 함의까지도 분석할 수 있었다. 무엇보다 내 삶과 밀접한 주제로 학문을 수행하는 것은 굉장히 만족감이 컸다.

이렇게 디지털 기술이 우리 사회의 전 영역에 깊이 뿌리내리면서 우리의 사고방식과 철학적 사유에도 영향을 미치고 있다고 생각한다. 데이터에 근거해 우리가 사는 이 사회를 분석할 수 있게 되었으며, 이제는 신체의 일부분이 된 스마트폰 또한 우리의 모든 것을 트래킹한다. 우리가 데이터의 일부가 될 것인지, 아니면 데이터를 활용해 목소리를 낼 것인지 결정해야 하는 시대가 온 것이다.

미술과 미술관의 영역도 예외는 아니다. 미술관도 디지털 기술을 효과적으로 활용해 관객에게 다가가는 방식을 다각화하고, 누구나 언제 어디에서든 접근할 수 있는 새로운 개념의 공간이 되어야 할 것이다.

7. 미술시장, 특히 뉴욕 미술시장으로의 진입을 꿈꾸는 이들에게 해주고 싶은 말이 있다면?

어떤 분야로 '진입'하고자 하느냐에 따라 다르겠지만, 작가나 '아트신'에서 일하는 한국인 지인들 대부분은 일반적으로 학교라는 플랫폼을 통해 먼저 현지 문화나 환경을 익히고, 자연스럽게 네트워크를 형성한 뒤에 커리어를 시작한다.

나 또한 그랬다. 시민권자나 영주권자가 아닌 이상, 미국 뉴욕에서 합법적으로 머무르며 일할 수 있는 '신분'이 필요하기 때문이다. 학생의 경우 학교를 통해 선택적 실습Optional Practical Training, 이하 OPT 비자를 얻고, 작가의 경우 여러 전시와 레지던시, 펠로우십 프로그램을 통해 아티스트 비자를 획득한다. 또 조직에 속해서 일하는 경우 해당 조직을 통해 취업 영주권이나 취업 비자를 받는 것이 일반적이다. 주변을 보면 계속해서 비자 문제로 고민하는 친구들이 많다. 다소 현실적인 이야기일 수 있지만, 뉴욕에서 어떻게 머무를지 어느 정도의 경로path를 짜보는 것은 현실적으로 가장 중요하다.

한편 뉴욕에 처음 진입할 때, 이곳에서 '영구 거주'를 할 정도의 결심을 가져야 하는지가 고민일 수 있다. 개인적으로는 그 정도의 결심까지는 필요하지 않다고 본다. 또 반드시 작가로 성공하기 위해 뉴욕을 거쳐야 하는 것도 아니라고 생각한다. 최근에는 특히나 작가에게도 온라인, 즉 소셜미디어나 웹페이지 관리 능력이 중요한데, 온라인을 잘 활용하면 한국을 기반으로 활동하면서도 충분히 뉴욕이나 다른 도시에서 얻을 법한 기회를 얻을 수 있다.

몇 주 전 친구의 홈 파티에서 미국에 거주하며 다양한 주에서 개인전을 하는 등 활발하게 활동하는 일본계 작가를 만났다. 내가 미술재단에서 일한다고 하니 어느 젊은 한국인 작가의 인스타그램을 보여주며 작가로서 미래가 기대된다고 언급해 놀란 적이 있다. 실제로 인스타그램이라는 소셜미디어를 통해 세계의 경계가 무너진 것을 종종 느낀다.

이런 변화는 중견 작가라고 예외는 아니다. 한국에서 활발히 활동하는 한 중견 작가의 경우 〈아트 인 아메리카 Art In America〉 잡지에 리뷰를 받아 실리기도 했다. 대학 시절 이 잡지를 보며 해외에서 인정받는 꿈을 꾸었던 작가가 20여 년이라는 시간이 흐른 뒤에 비로소 그 순간을 맞이한 것이다. 해당 작가의 경우 뉴욕에서 1년간 레지던시 프로그램에 참여하면서 작업을 통해 현지 비평가를 만났다고 한다. 이렇듯 어디에 홈 베이스를 두든지 본인이 원하는 것에 대해 계속해서 귀를 열어두는 것이 중요하다. 정보를 얻어 꾸준히 도전한다면 성장은 멈추지 않을 것이고, 특히 지역에서 오는 한계를 느끼지 않을 것이다.

성장을 위한 두 가지 조건,
유연성과 민첩성

갤러리스트 겸 사업가 이종원
@ Space 776 Gallery

인터뷰에 앞서

'사고가 유연해야 한다', '사고가 열려 있어야 한다'는 말의 속뜻을 곰곰이 생각해 보는 때는 보통 유연하지 못했던 순간을 바로 뒤로 한 시점일 것이다.

지난 10여 년간 직장 생활을 해오며, 나도 모르게 사고의 폭이 좁아지고 유연하지 못하다는 생각을 했었다. 그런데 그 무렵 뉴욕에 오게 되었고, 물밀듯이 다양한 사람들을 만났다. 그중에서도 정말 유연한 사고를 가졌다고 생각되는 사람이 이종원 대표였다. 중간중간 왜 고민이 없었겠냐마는, 마치 그릇에 따라 모양을 바꾸는 물처럼, 그로부터 들은 그의 삶은, 어떤 사람이나 상황을 만나도 모나지 않고 자연스럽게 흘러왔다. 사고가 유연할 수 있는 사람들은 순간의 집중력이 좋고 총명한 사람이라는 생각이 들었다.

이런 특성은 이종원 대표가 걸어온 길을 돌이켜 봤을 때 더욱 수긍이 갔다. 그는 현실에서 필요한 것이 무엇인지 예민하게 캐치한 뒤 강한 추진력으로 실행시켰다. 조각가로 활동하던 그는 동료 작가들의 작품을 전시하고 팔아줄 만한 공간이 있으면 좋겠다는 생각 끝에 아파트 갤러리를 운영했다. 그러던 중 배달도 직접 다니며 핸들링 업체를 만들면 좋겠다는 생각이 들자 이번에는 핸들링 및 운송 전문 업체도 잠시 운영했다. 또한 누군가 찾아와야 하는 갤러리의 특성상 다양한 아트페어에서 고객을 찾아다녔는데, 그러다 경매 사이트 운영에 관심이 생겨 미술품 경매 사이트도 운영했다.

이뿐만이 아니다. 갤러리에서 작가의 작품을 전시하고 카탈로그 등을 만들기 위해 필요한 작품 사진 업체도 현재 함께 운영하고 있다. 여기에 생뚱맞게 핫도그 가게까지 한다. 이 모든 것은 철저한 계획보다는 자신이 일하는 순간순간에 집중한 결과다. 그는 현재보다 조금 더 나아질 수 있는 가능성을 끊임없이 생각하며, 생각에서 멈추지 않고 추진하고 실행하는 힘을 가진 사람이다.

뉴욕 맨해튼의 면적은 약 80제곱미터로, 서울의 '구' 두 개를 합친 면적보다도 작다. 크지 않은 맨해튼 내에는 무려 53개의 동네가 있다. 흔히들 아는 소호, 헬스키친, 트라이베카, 차이나타운 등이 모두 이런 '동네'의 명칭이다. 동네마다 신기할 정도로 뚜렷한 특색과 개성을 자랑한다.

뉴욕에 처음 온 2020년부터 1년 동안은 다양한 동네를 골고루 돌아다녔다. 그리고 계절마다 꽂히는 동네를 깊이 연구했다. 소호, 그래머시파크Gramercy Park, 브루클린의 그린포인트를 거쳐 마지막으로는 로어이스트사이드의 매력에 흠뻑 빠졌고, 지금은 세 계절 넘게 이곳에서 주로 시간을 보내고 있다. 그만큼 매력적인 동네다.

로어이스트사이드는 소호, 차이나타운 근처 맨해튼브리지와 윌리엄스버그브리지 사이에 위치한 작은 구역으로, 뉴욕에서 가장 오래된 거주 지역 중 하나다. 오랫동안 이민자들이 미국으로 유입되는 관문과 같은 곳이었기에, 이주 노동자들이 사는 가난한 동네라는 인식이 있었다. 또한 19세기 말에서 20세기 초, 동유럽 출신 이민자들이 대거 유입된 이후에는 유대인 이민 문화의 중심지이기도 했다. 그래서인지 러스앤도터스Russ&Daughter나 카츠델리카센Katz Delicatessen처럼 유대계 주인이 운영하는 이름난 식당이 많다. 또한 20세기 중반에는 무정부주의와 사회주의의 물결과 함께 히피 문화를 선도했고, 이곳의 저렴한 임대료와 식비를 좇아 몰려든 젊은 예술가들의 쉼터 역할을 했다.

그러다 개발이 본격화된 2000년대 이후 로어이스트사이드에는 젠트리피케이션gentrification이 진행 중이다. 현재 이곳에는 신축 빌딩과 2차 세계대전 전에 지어진 오래된 프리워 빌딩pre-war building이 혼재되어 있는데, 이런 공존이 부자연스럽지만은 않다. 로어이스트사이드와 차이나타운 경계 지역에서는 홍콩이나 상하이를 연상케 하는 이국적 분위기도 난다. 그리고 무엇보다 로어이스트사이드를 매력적으로 만드는 특징은 맨해튼에서 갤러리가 가장 밀집된 지역이라는 점이다. 갤러리로 유명한 맨해튼 '첼시'보다 더 많은 수의 갤러리가 있는데, 블록마다 몇 개의 갤러리가 연속으로 등장하고는 한다.

로어이스트사이드에는 식당과 카페, 술집도 상당히 많다. 그중에는 스픽이지Speakeasy 콘셉트의 바도 많은데, 1920년대 미국에 내려진 금주령으로 사람들이 몰래 숨어 '밀주'를 마시던 데에서 착안한 것이다. 밖에서 보면 평범한 집의 대문, 50년은 족히 넘어 보이는 악기상, 오래된 이발소의 모습인데 문을 열고 들어가면 완전히 다른 공간이 펼쳐진다. 심지어 이발소는 영업 중이기도 하다! 코로나 팬데믹 기간

가정집과 이발소 외관의 스픽이지 콘셉트의 바

에는 사회적 거리두기 단속을 피해 인스타그램이나 텔레그램 메신저로 그날그날 장소와 시간을 전달하는 등 진정한 의미의 스픽이지 술집이 유행하기도 했다.

이렇게 '힙'하고 매력적인 로어이스트사이드 동네 한복판에 오 K-도그Oh K-DOG라는 핫도그 집이 자리하고 있다. 종이에 싸서 손으로 들고 먹는 미국식 핫도그가 아닌 한국식 꼬치 핫도그를 파는 집이다. 이곳에는 핫도그를 사기 위한 사람들로 항상 두 블럭 정도의 긴 줄이 늘어서 있다. 그런데 핫도그 가게 사장님의 본업이 상당한 경력의 갤러리스트라니? 처음 그 이야기를 들었을 때부터 흥미로웠는데, 이듬해 인연이 닿아 인터뷰까지 할 수 있게 되었다. 다시 생각해도 '뉴욕 참

로어이스트사이드의 자유로운 분위기와 어울리는 오 K-도그 가게

좁다!'

　인터뷰는 이종원 대표가 운영 중인 '스페이스 776' 갤러리에서 이뤄졌는데, 처음 봤을 때부터 풍기는 분위기가 인상적이었다. 곱슬 머리, 흰색 페인트가 군데 군데 묻어 있던 바버 재킷, 쓰고 있던 마스크 밖으로 삐져나온 덥수룩한 수염까지, 영락없는 로어이스트사이드의 터줏대감이자 예술가의 풍모가 느껴졌다.

1. 본인의 직업을 간략하게 소개해 달라.

전직 아티스트이자 현직 갤러리스트인 이종원Jourdain Jongwon Lee이
다. 현재 뉴욕 맨해튼 로어이스트사이드에서 갤러리 '스페이스 776'을
운영하고 있다. 그 외에도 뉴욕 여러 지역에서 '오 K-도그'라는 핫도그
매장을 운영하고 있으며, 다큐멘터리 필름도 제작 중이다.

2. 현재의 직업을 선택하게 된 계기는?

한국에서 조형을 전공하고 그 후 대학원 진학을 위해 2010년 처음
뉴욕에 왔다. 롱아일랜드Long Island에서 대학원을 졸업한 후 브루클린
의 부시윅에서 조각가로서 활동을 시작했다. 지금도 비슷하지만 그때
도 부시윅은 신진 예술가들이 주류로 자리 잡기 전에 거쳐가는 관문
같은 곳이었다. 자연스럽게 주변에 아티스트 친구들이 많았다.

나는 작가로서의 삶도 좋았지만 동시에 전시기획에 관심이 많기도

했다. 그러다 주변 작가 친구들로부터 등 떠밀리다시피 당시 살던 집에 전시 공간을 만들게 되었고, 2013년부터 나와 주변 친구들의 작품을 전시하기 시작했다. 집 1층과 지하 1층을 갤러리로 꾸몄는데, 그때는 정말 집을 아예 '열어놓고' 살았다. 집에 가면 항상 누군가는 있었고 나중에는 집이 아니라 열린 공간이 되어버렸다. 이때 재미있는 이벤트도 정말 많이 진행했다. 술 한잔 들면서 그림을 그리는 '드링크 앤 드로우Drink and Draw', 누드 크로키Nude Croquis, 작가들 간의 크리틱Critic, 이외에도 정말 많은 파티를 열었다.

당시 살던 아파트 주소가 776번지인데, '스페이스 776'이라는 갤러리 이름도 여기에서 따왔다. 집에서 갤러리를 운영한 2013~14년에는 지인들끼리 작품을 사주는 정도였지만, 아트페어에 참여하기 시작하면서 고객층이 점차 넓어졌다.

첫 아트페어 참가는 거의 맨땅에 헤딩이었다. 사업자등록증은 고사하고, 수수료에 대한 개념도 없었다. 하지만 2015년 뉴욕에서 처음 참여한 '어포더블 아트페어Affordable Art Fair'에서 작품 대부분을 판매했으니, 분명 가시적인 성과가 있었다. 2014년 즈음에 뉴욕에서 미술품 컬렉팅에 대한 관심이 갑자기 높아져 컬렉팅이 유행처럼 번졌었는데, 그 덕도 조금 본 것 같다. 이때부터 컨텍스트 아트 마이애미Context Art Miami뿐만 아니라 한국의 KIAF, 아트부산, 부산국제화랑아트페어Busan Annual Market Of Art, BAMA 등 아트페어에 정기적으로 참여하게 되었고, 현재까지 국내외에서 총 50여 개 아트페어에 참여한 것 같다.

그러다 2015년에는 드디어 아파트 갤러리를 벗어나, 같은 부시윅 지역 내에 갤러리를 위한 정식 공간을 마련했다. 동시에 작가 레지던시 프로그램도 야심 차게 시도했다. 막판에는 사실상 프로그램이 엉망진창이 되어버려 고민이 컸는데, 엎친 데 덮친 격으로 갤러리 건물 2층에서 큰불까지 났다. 화재 진압 과정에서 갤러리가 있는 1층까지 폭포처럼 물이 새는 바람에 작품이 훼손되는 등 큰 피해가 있었다.

화재 이후 갤러리를 맨해튼으로 옮기자고 결심했는데, 화재도 화재였지만 부시윅에서 계속 갤러리를 운영해도 되나 하는 회의감이 들던 시기였다. 아무래도 미술시장의 중심지는 맨해튼이다 보니, 멀리 떨어진 부시윅에 위치한 우리 갤러리는 지나치게 평화롭게만 느껴졌다. 당시 갤러리 동업자에게 "죽을 때 죽더라도 우리 전쟁터로 나가 싸우다 죽어야 하는 것 아니냐"라고 패기 넘치게 말한 기억이 난다.

그렇게 로어이스트사이드로 이사를 결심하고, 2020년 2월 부동산 임차 계약에 서명했다. 그런데 계약서 서명 후 얼마 지나지 않아 동네에서 식사를 하고 있는데, 누군가 말했다. 다음 날부터 이 도시는 '록다운'된다고. 그렇게 코로나 팬데믹이 시작되었고, 뉴욕 전체가 봉쇄되었다. 긍정적으로 보면, 이 기간을 활용해 오히려 전시에 대한 부담 없이 갤러리 공사를 할 수 있었다. 2021년 여름, 드디어 전쟁터 한복판인 맨해튼 로어이스트사이드에서 '스페이스 776' 갤러리의 문을 열었다.

3. 직업 활동에서 가장 희열을 느끼는 순간은 언제인지? 반대로 가장 좌절했던 순간이 있다면?

갤러리스트라는 직업을 통해 희열을 느끼는 순간은 많다. 가장 큰

'스페이스 776' 갤러리의 어느 전시 오프닝

희열을 느끼는 순간을 꼽자면, 우리 갤러리에서 기획한 전시가 좋은 반응을 얻었을 때라고 할 수 있다. 나는 스스로의 선택을 끊임없이 의심하는 경향이 있는데, 전시가 성공적이면 갤러리스트로서 내 안목이 틀리지 않았다는 확신을 얻는다.

갤러리 전시를 기획할 때 작가나 작품을 선정하는 객관적 기준은 없다. 다만 그간의 크고 작은 전시 경험에 비춰보면, 성공하는 작가들은 작가로서의 기본적인 조건을 이미 충족하고 있다는 정도의 공통점이 있기는 하다. 일단 이미 만들어놓은 작품 수가 많고, 주체적으로 목소리를 낼 줄 알며, 자신의 작품을 통해 이를 전달할 수 있어야 한다.

나는 내 자신의 안목을 계속해서 의심하는 스타일이라 다른 사람들의 의견을 굉장히 열심히 듣는 편이다. 특히 작가들의 말에 귀를 기울이는데, 물론 이들의 의견을 100퍼센트 수용할 수는 없다. 대부분 작가들은 자신의 작품과 그 작품이 전달하려는 메시지에 아주 몰입해 있고, 본인과 자신의 작품이 독보적이라는 자기애가 강하다. 아티스트로서 필연적으로 가질 수밖에 없는 자세이지만, 전시기획자로서는 중심을 잡고 들을 필요도 있다.

그리고 좋은 컬렉터를 만날 때도 직업적 만족과 보람을 느낀다. 나에게 좋은 컬렉터란 단순히 자본력이 좋아서 다수의 작품을 구매하는 사람이 아니다. 물론 그런 현실적인 면을 아예 무시할 수는 없다. 하지만, 우리가 발굴한 작가와 작품의 가치를 알아보는 컬렉터가 내게는 더 좋은 컬렉터다. 그렇게 구매한 작품을 적합한 공간에 배치하는 것을 볼 때면 큰 희열을 느낀다.

이런 점에서 나에게 갤러리스트라는 직업은 단순히 이윤 추구를 위한 '업'을 넘어 하나의 '소명'이다. 그래서 또 다른 일을 하게 되더라도, 죽을 때까지 갤러리 운영을 계속하고 싶다. 아티스트를 발굴해서 이들의 작품을 전시하고, 또 좋은 컬렉터가 이들의 작품을 살 수 있게 해야 한다는 일종의 사명감을 갖고 임하고 있다.

반대로 어려운 순간도 분명 있다. 체력적인 어려움도 그렇지만, 진짜 좌절하게 만드는 요인은 사람과의 관계에서 오는 스트레스다. 어느 분야나 그렇지만 인간관계에서 발생하는 갈등이 가장 큰 어려움인 것 같다. 내 경우 동업자와의 갈등으로 각자 다른 길을 가게 되었을 때 좌절감이 컸다. 새로운 동업자나 새로운 직원을 갑작스럽게 구해야 하는 골치 아픈 상황에서 스트레스를 많이 받았다.

4. 삶에서 소중한 가치관은 무엇인가? 본인의 직업을 통해 원하는 삶을 살아가고 있다고 보는가?

내 인생의 가치관은 살아가면서 최대한 다양하고 풍부한 경험을 해봐야 한다는 것이다. 사실 모든 일을 직접 해봐야 직성이 풀리는 스타일이어서 '스페이스 776' 갤러리가 정식 출범하기까지도 이런 가치관이 많이 작용했다.

그 연장선상에서 실제로 갤러리 외에도 정말 많은 일들을 하고 있다. 우선 갤러리를 운영하면서 관심이 생긴 다양한 분야의 사업체를 운영해 봤다. 제일 먼저는 미술품 거래 옥션 플랫폼에 도전했다. 우리 갤러리의 경우 취급하는 작품의 스펙트럼이 워낙 넓어서 작품의 금액대도 다양하다. 이 중 금액대가 크지 않은 작품은 주로 온라인 플랫폼

아트시, 아트넷Artnet, 퍼스트딥스1stDibs 등을 통해 판매했는데, 그러다 보니 자연스럽게 온라인 옥션 플랫폼을 자체적으로 구축하고 싶었고 실행에 옮겼다. 지금까지 20회 정도 옥션을 진행했고, 현재는 잠시 중단 상태다.

그런데 이렇게 판매된 미술품을 고객에게 배송하려고 하니, 전문 운송 업체를 이용하는 비용이 너무 높았다. 그래서 직접 운송 사업에도 뛰어들었다. 한동안 운영하다가 이 업체도 현재는 중단한 상태인데, 옥션 플랫폼 운영과 운송업에 직접 몸담고 나니 갤러리 운영 전반에 대한 생각이 더 풍부해졌다. 직접 해보지 않았으면 아마 절대 몰랐을 것이다.

그리고 전시를 진행하며 작가들의 작업 과정, 작품 사진 및 전시 오프닝 등을 아카이브화하기 위한 목적으로 영상을 제작하기 시작했다. 여기에서 조금 더 나아가 최근에는 필름 제작을 전문으로 하는 파트너와 함께 정통 다큐멘터리도 제작 중이다. 뉴욕 소호에 사는 고령의 예술가 커플의 삶에 대한 이야기이고, 이제 마무리 단계다. 개인적으로 좋은 반응을 기대해 본다.

조금 뜬금없지만 요즘은 업무 시간의 반 정도를 핫도그 사업에 할애하고 있다. 요식업에 처음 발을 들이게 된 것은 '스페이스 776' 갤러리 맞은편에서 피자집을 운영하던 멕시코 친구를 통해서였다. 그는 열일곱 살에 걸어서 멕시코 국경을 넘어, 미국으로 온 진취적인 친구다. 어느 날 이 친구가 갤러리 근처에 공실이 나왔으니 음식점을 해보자고 제안했다. 아마 내가 갤러리스트이니까 돈깨나 있는 사람이라고 단단히 착각한 것 같다. 그전에도 요식업을 해보고 싶다는 막연한 생각을 갖고 있던 터라 논의가 빠르게 진행되었다.

이후 동업자들과 함께 2021년 1월 1일 로어이스트사이드에 1호점을 열었고, 감사하게도 소위 '대박'이 났다. 뒤이어 웨스트빌리지West Village에 2호점을 개장했고, 2022년 3월 중순에는 뉴저지 포트리Fort Lee 지점을 오픈했다. 이렇게 다양한 일들을 하고 있는 것을 보면 풍부한 경험을 추구하는 가치관에 어느 정도 부합하는 삶을 살고 있는 것같다.

5. 수많은 도시 중 뉴욕을 활동 무대로 삼게 된 계기는 무엇이며, 뉴욕 '아트 신'만의 장점은 무엇이라고 생각하는가?

앞서 말했지만, 처음에는 학업과 작품 활동에 좋을 것 같아 아티스트로서 뉴욕에 왔다. 그런데 실상 지내다 보니 뉴욕이라는 도시는 갤러리를 운영하며 체감하는 장점이 더 크다.

뉴욕은 그야말로 세계 미술의 중심지다. 수많은 작가들, 미술관, 갤러리, 경매 회사가 뉴욕에 모여 있는 만큼 풍부한 자원과 인프라를 자랑한다. 그래서 이 자원과 인프라를 바탕으로 일을 기획하고 성사시키기에도 용이하다. 그만큼 트렌드에 민감한 도시이다 보니, 뉴욕에서는 트렌드를 빠르게 만들어내는 것도 가능하다. 여기에는 뉴욕의 이미지도 한몫하는 것 같다. 뉴욕에 있는 갤러리와 텍사스에 있는 갤러리가 주는 느낌은 조금 다르지 않나 싶다.

한국 아트페어에 꾸준히 참여하기도 했고 서울에도 갤러리 공간이 있어 한국 미술시장을 꽤나 지척에서 들여다봤다. 그것만으로 한국 미술시장의 특징을 100퍼센트 이해한다고 자신할 수는 없지만, 그간 경험에 비춰보면 미국과 한국의 미술시장은 여러 면에서 차이를 보인다.

우선 컬렉터 특성이 다르다. 한국 컬렉터들은 작품을 투자처로 인식하는 경향이 커서 돈이 되는지, 몇 년 뒤 가치가 얼마나 뛸 것 같은지와 같은 질문을 많이 한다. 당연히 뉴욕의 컬렉터들도 작품의 투자 가치를 보지만, 한국 컬렉터들이 조금 더 노골적으로 작품의 경제적 가치를 추종한다. 그러다 보니 자연히 사람들이 많이 찾는 대중적인 작품을 주로 사는 경향이 있다.

반면 미국, 그중에서도 뉴욕의 컬렉터들은 취향이나 줏대가 더 강하다. 컨텍스트 아트 마이애미에서 만난 컬렉터 중 특별히 기억에 남는 사람이 있는데, 그는 한지로 작업한 서정민 작가의 작품을 구매했다. 한지를 좋아하는 것 같길래 비슷한 소재로 작업한 전광영 작가의 작품도 자연스럽게 권했지만, 그 컬렉터는 이 작품은 자신의 취향이 아니라고 단호하게 거절했다. 아무래도 전광영 작가의 인지도가 더 높기 때문에 혹할 법도 한데, 작가나 작품의 네임 밸류보다 개인적 취향과 안목을 믿는 모습이 인상적이었다.

작가와 갤러리도 한국과 미국 간 특성이 약간 다르다. 비교하자면 한인 작가들이 조금 더 자존심도 강하고 날카로운 편이고, 뉴욕 작가들은 실리적인 면이 강해서 고객의 니즈에 부응하는 편이다. 갤러리 또한 소소하게는 작품이나 전시 설명에서부터 차이점이 느껴진다. 한국은 보다 추상적으로 작품 설명을 쓰는 데에 반해, 뉴욕은 직관적으로 설명하는 편이다.

6. 10년 뒤의 나는 어디에서 어떤 비전을 이루고 있을까?

워낙 다양한 분야에 관심이 많고, 철저하게 계획을 세우는 스타일이 아니라 미래의 일은 잘 모르겠다. 단, 갤러리스트로서 사명을 갖고 있기 때문에 갤러리는 계속해서 운영할 계획이다. 개인적인 욕심이지만, 갤러리는 운영하되 실질적 운영과 관리는 다른 이에게 넘기고 싶기도 하다.

최근에는 미스터 브레인워시Mr. Brainwash 스튜디오와 연결되어 갤러리에서 전시를 앞두고 있는데, 새로운 프로젝트라 조금 설렌다. 앞으로도 다양하게 새로운 시도를 하고 싶다. 그리고 다큐멘터리가 완성 단계에 있는 만큼 후반 제작post production 작업에도 더욱 집중해서 배급사 연결이나 상영과 관련된 일을 할 것 같다.

사실 전혀 다른 차원에서, 요즘에는 비행기 조종에도 관심이 많다. 그리고 갤러리를 운영하게 되면서 사실상 접게 된 아티스트로서의 활동도 재개하고 싶은 마음이 있다. 아직 구체적 계획은 없지만, 새로운 시도에 대한 열정은 항상 가득하다.

7. 미술시장, 특히 뉴욕 미술시장으로의 진입을 꿈꾸는 이들에게 해주고 싶은 말이 있다면?

사실 뉴욕과 한국의 미술시장은 그 규모도, 성격도 정말 다르다. 그러니 큰 차이점을 받아들이는 수용적 태도와 새로운 것에 도전하려는 마음가짐이 가장 중요하다.

한국에서는 일반적으로 뉴욕에 대한 환상을 품는데, 현실과는 많이 다르다. 한국이라면 접하지 못했을 다양한 사람, 작품, 상황을 경험한다는 것은 분명 좋은 면도 있지만 이에 따르는 어려움도 적지 않다. 냉정하게 현실을 자각해서 뉴욕 미술시장으로 진입할지를 판단했으면 좋겠다.

고객이 구매를 결정하는 시점,
공감

경매 회사 변호사 캐서린 림
@ Sotheby's

인터뷰에 앞서

삶은 선택과 균형의 연속이다. 누구든 살면서 인생의 갈림길을 두고 하나의 선택지를 직접 또는 간접적으로 강요받는 경험을 한다. 그리고 이런 극단의 순간일수록 도리어 상대적으로 가벼운 이유, 또는 예상치 못한 이유로 선택을 하기도 한다. 게다가 당시에는 큰 생각 없이 내린 선택이 삶에서 큰 무게를 지니기도 하는데, 이처럼 선택의 결과는 시간이 흐른 뒤에야 비로소 알 수 있다.

사람들은 의식적으로나 무의식적으로나 하루에도 수없이 많은 선택을 한다. 그리고 나이를 먹을수록 삶을 좌우하는 커다란 선택지는 나이를 먹을수록 줄어드는 것처럼 느껴진다. 그러나 선택의 갈림길은 어느 날 갑자기 주어지고, 그 순간 사람들은 후회하지 않을 올바른 선택의 기준이란 무엇인지, 선택에 앞서 내 삶의 원칙은 무엇이었는지에 관한 인생의 근본적인 질문들과 다시 마주하게 된다.

어릴 때는 선택 하나하나가 그 사람을 만든다면, 어느 시점부터는 그 사람이 그간의 선택으로 쌓아 올린 삶이 그 이후의 선택을 만드는 것 같다. 그렇기 때문에 나이가 들수록 어느 정도 관성이나 테마가 있는 선택을 하기도 한다. 그런 의미에서 지금까지의 선택에 종지부를 찍고, 전혀 다른 결정을 내리는 사람들의 용기와 대범함은 항상 멋있어 보인다. 이런 변화를 위해서는 자신의 선택에 대한 믿음, 나아가 자신에 대한 탄탄한 믿음도 중요하지만, 무엇보다 정말 부지런해야 한다.

10년간 건축가로 일하다가 조각가로 전향한 박세윤 작가처럼 임유현 변호사 또한 10년간 금융 변호사로 일하다가 소더비 인스티튜트Sotheby's Institute of Art, 이하 SIA에 진학했다. 내 20대 전체, 그리고 현재 30대 중반까지는 현실과 이상 또는 취미와 직업의 접점을 찾는 과정의 연속이었고, 이 책 역시 그런 노력의 산물이기도 하다. 그래서인지 현실과 이상 사이에서 치열한 고민을 거듭했을 듯한 그를 너무나도 만나보고 싶었다.

이 책에 등장하는 인물은 대체로 뉴욕 생활 중에 자연스럽게 알게 되거나 지인으로부터 소개를 받아 차츰 친해진 사람들이지만, 특별히 임유현 변호사는 링크드인Linkedin을 통해 알게 되었다. 직업도 같고 세상이 워낙 계속해서 좁아지니 그리 신기할 일도 아니지만, 과거 함께 일했던 동료 변호사를 비롯한 몇 명이 임유현 변호사와 뮤추얼로도 있었다.

2022년 봄, 나는 떨리는 마음으로 메시지를 보냈고, 이내 답변을 받았다. 당시 소더비즈로 이직한 지 오래지 않은 때라 5월의 큰 행사를 넘기고 만나자는 제안이었다. 그렇게 시간이 흘러 2022년 5월, 소호의 어느 지중해 음식점에서 임유현 변호사를 처음 만났다. 소호는 맨해튼의 여러 자치구 중에서도 뉴욕을 대표하는 분위기의 멋쟁이 동네다. 지극히 자본주의적이면서도 자본주의적이지 않고, 관광객이 많으면서도 한적하고, 도시적이면서도 전원적인, 모순적 매력을 지닌 곳이다.

뉴욕은 현재까지도 하이브리드 방식으로 업무가 진행되어 일주일 중 재택근무하는 날이 조금 더 많다. 비가 추적추적 오는 그날 저녁 역시 둘 다 처음으로 밖에 나온 상황이었다. 임유현 변호사는 특유의 까만 눈을 빛내며 가게의 왼쪽 자리에 앉아 있었다. 우리는 테이블 한가운데 와인 병을 사이에 두고 마주 앉았다. 그렇게 참 많은 이야기를 나눴는데, 생각해 보면 별 이야기를 나누지 않은 것처럼 느껴지기도 했다. '우리'에 대한 이야기보다는 '뉴욕'이라는 도시에 대해 이야기했기 때문인 것 같다.

두 번째 만남에는 카발호 파크 갤러리를 함께 찾았다. 갤러리에서 박세윤 작가와 함께 만나 셋이서 뉴욕에서의 삶을 포함한 근황을 공유했고, 아만트 재단에 잠시 들렀다. 이렇듯 '뉴욕'이라는 도시에 살았거나 살고 있다는 사실 하나만으로 대화가 이어지고, 사람이 이어진다.

임유현 변호사와 이야기하면 할수록 그는 조용하게 강한 사람이라는 생각이 들었다. 그는 어릴 적부터 가져온 관심사에 대해 바쁘다거나 현실적인 이유를 핑계로 덮어두지 않았다. 꾸준히 귀를 기울이고, 끊임없이 자신만의 균형을 찾고자 부단히 노력해 왔다.

콘텐츠가 곧 미래라고 할 정도로 현대인들은 콘텐츠가 범람하는 시대에 살고 있다. 그만큼 다방면의 콘텐츠에 관심을 갖는 사람들도 많다. 하지만 이런 사람들도 시간의 흐르며 인생에서 중요시하는 우선순위나 가치관이 변하기 마련이고, 이내 관심을 거둔다. 사치스럽다는 이유로 가장 흥미 있어 하던 일을 가장 쉽게 내려놓고 만다. 이런 모습을 주변에서 참 많이 목격해서인지 관심사를 자신의 삶 속에 잘 녹여내, 균형을 유지하는 것이 대단해 보였다.

나 역시 감각적, 그중에서도 시각적인 것에 대한 관심이 꾸준했고, 고등학교 때부터 이런 관심을 어떻게 관심이나 취미 이상으로 추구할 수 있을지 끊임없이 고민해 왔다. 대학교 때는 다양한 교양 수업 중에서도 특히 건축학과 수업을 들으며, 진지하게 공간 디자이너를 꿈꿔야 하는 것은 아닐지 고민하기도 했다. 당시 나이트 헤이븐Haven Shane Knight 교수님이 진행하는 수업에서는 근현대 건축사와 그 역사를 만들어나간 세계적인 건축가들에 대해 배웠다. 심미적인 동시에 철학이 담긴 공간의 사례들을 접하며 매 수업이 기다려지고 수업 내용에 푹 빠져 지냈다.

그렇게 내가 전율을 느끼는 지점을 이해하고 나니, 주말 동안 서울이나 근교 도시에 새롭게 주목받는 동네와 갤러리를 찾는 데에 열을 올리게 되었다. 여행지나 여행지에서 찾게 되는 공간은 말할 것도 없었다. 관심과 흥미 분야를 파악하는 것도 의미가 있지만 나아가 이를 바탕으로 내 삶을 쌓을 때 그 가치가 더 빛을 발하는 것이 아닌가 싶다. 그렇게 나는 지금도 내 삶의 균형을 조금씩 맞춰 나가는 시기를 보내고 있다. 그리고 때마침 이런 균형을 찾는 데에 진심인 임유현 변호사를 만나며 용기와 확신을 받았다.

1. 본인의 직업을 간략하게 소개해 달라.

경매 회사인 소더비즈의 사내 변호사In-House Counsel로 일하고 있는 임유현Katherine Lim이다. 그전에는 약 8년간 화이트앤케이스White&Case LLP라는 뉴욕의 대형 로펌에서 금융 전문 변호사로 일했다.

2. 현재의 직업을 선택하게 된 계기는?

어렸을 때부터 그림 그리는 것을 좋아했다. 그러다 고등학교 때 예술을 공부해야겠다 싶을 정도로 예술 분야에 진지한 관심을 갖게 되었다. 당시 1년 반 정도 미국 필라델피아 근교 뉴저지에서 고등학교를 다녔는데, 당시 학교에서 미술 수업을 열심히 듣기도 했고, 지리적으로 가까워 뉴욕을 자주 방문했다. 그때 자연스럽게 '예술'과 도시 '뉴욕'에 관심이 생겼다. 그림 그리는 것을 워낙 즐겨 미대에 진학할까 제법 진지하게 고민하기도 했지만, 미술 외에도 막연하게나마 '해보고 싶은 일들'도 많았고 가족들의 조언과 현실적인 면을 고려해 한국에서 법대에 진학했다.

하지만 초등학교와 고등학교 당시 경험했던 미국의 교육 방식이 잘 맞았기 때문인지, 아니면 한국의 교육체계에서 느끼는 건조함 때문인지, 대학 진학 후에도 계속해서 유학을 염두에 두게 되었고 실제로 대학 졸업 후에는 미국의 로스쿨에 진학했다. 대학 졸업 후 로스쿨 입학 전까지 6개월 정도의 시간이 있었는데, 그때 1개월 정도 런던에 머무르며 여름에 SIA에서 진행하는 '예술과 예술시장Art and its Markets' 이라는 단기 코스를 들었다. 경매업계를 포함한 미술시장에 대한 개론으로 구성된 코스였는데, 런던의 미술관, 갤러리, 경매장 등의 현장학습이 포함되어 얕게나마 미술업계를 소개를 받을 수 있었다.

이후 가을에 로스쿨에 입학했고, 다시 예술 분야로 복귀하는 데에 수십 년이 걸렸다. 하지만 그해 여름 런던에서의 경험이 돌고 돌아 지금 이 자리의 초석을 다진 것은 분명하다. 그때부터 머리 한구석에 미술시장을 보다 더 잘 알고 싶다는 생각이 심어졌기 때문이다.

로스쿨을 졸업한 후 2010년 여름부터는 화이트앤케이스 로펌의 뉴욕 오피스에서 미국 변호사로서 일을 시작했다. 로펌에 입사한 1년 차에는 여러 팀을 돌면서 트레이닝을 받았는데, 당시 은행금융팀Bank Finance에서 만난 멘토와 잘 맞아 은행 금융을 전문 분야로 선택하게 되었다. 그렇게 뱅킹이라는 분야에서 전문성을 쌓았고, 원하던 크로스보더 딜Cross-border Deal의 기회도 많았다.

하지만 콘텐츠를 다루는 업무나 창의적인 감각을 요하는 업무에 대한 막연한 갈망은 계속해서 있었다. 보통 로펌 변호사들에게 3, 5,

7년을 주기로 슬럼프가 찾아온다고 하는데, 그때까지만 해도 다른 로펌 변호사들처럼 으레 찾아오는 정기적인 슬럼프인가 싶었다. 그렇게 5년 정도 일한 이후 서울로 눈을 돌려봤다.

한국에서 대학도 나왔겠다 한국에서의 직장 생활이 궁금하기도 한 차였기에, 당시 SK플래닛이라고 하는 SK텔레콤 자회사에 지원해 법무팀에서 미국 변호사로 일했다. SK플래닛은 11번가라는 이커머스 사업과 SK그룹의 광고사업 부문을 운영하는 업체로 당시 해외 진출을 준비하고 있던 터라, 나와 같은 미국 변호사의 역할이 크게 필요하기도 했다. 나 또한 개인적으로 기대하던 콘텐츠 관련 업무를 다룰 수 있어 무엇보다 만족스러웠고, 특히 회사 간의 파트너십을 살피는 것이 흥미로웠다.

그런데 회사가 차츰 노선을 변경하며 국내 사업에 초점을 맞추면서 미국 변호사의 역할이 확연히 줄어드는 것을 느꼈다. 그렇게 2년 정도의 사내 변호사 생활을 마무리 짓고, 김앤장 법률사무소로 이직해 1년 정도 보냈다. 그곳에서는 뉴욕 로펌에서처럼 일찍이 전문 분야를 정한다거나 특정 팀에 속하지 않고, 다양한 팀의 업무에 개입될 수 있는 점이 좋았다. 컴플라이언스Compliance, 노무, 국제 중재 등 다양한 분야를 경험할 수 있었는데, 모두 성격이 다른 일이었지만, 업무의 다양성에 목말라 있던지라 재미있었다.

하지만 서울에서 지내면서도 마음 한편에 계속해서 답답함이 있었다. 예술 분야나 콘텐츠 분야의 업무를 원하면서도 보다 적극적으로 시간과 노력을 들이지 않는 상황이었고, 머릿속으로 고민만 하다가는 그런 업무는 영영 못 찾을 것 같아 답답했다. 도리어 예술이나 콘텐츠 분야의 직업 기회나 옵션은 뉴욕에 더 많을 것 같다는 생각도 들었다. 그러던 차에 예전에 다니던 화이트앤케이스 로펌에서 연락이 왔고, 다시 뉴욕으로 가는 길에 올랐다.

하지만 은행 금융 업무로 복귀한 지 2여 년 정도가 지났을 때도 콘텐츠 관련 업무에 대한 갈증은 여전히 사라지지 않았다. 그렇게 업무를 하며 이것저것 알아보다가, 이럴 바에야 다시 학교를 다녀보자는 생각이 들었다. 시야를 넓히기에도 좋고, 학교만큼 커리어 전환에 적합한 플랫폼이 없다는 판단에서였다. 그렇게 SIA에서 1년 반 동안 미술 경영 석사MA Art Business 과정을 밟았다.

특히나 물가 높은 뉴욕에서, 별 소득 없이 지출만 생기는 학생 신분으로 돌아간다니, 쉽지 않은 결정이었다. SIA의 석사 과정은 미술계의 MBAMaster of Business Administration 성격의 프로그램으로 미술업계에서 일하는 다양한 직군과 활발한 네트워킹이 이뤄진다. 나는 미술업계로의 진출은 원했지만, 미학, 미술사나 미술비평 등의 아카데믹한 감각이나 학문적인 미덕이 요구되는 직업보다는 지금까지 내 커리어를 통해 쌓은 업무 능력을 발휘하고 싶었다. 그런 만큼 학문적이고 전통적인 미술사 석사 과정이 아닌 SIA의 석사 과정이 커리어 전향에 적절할 것이라고 판단했다.

돌이켜 보면 결코 쉽지 않았지만 탁월한 결정이었다. 수십 년간 미술업계를 동경했으나 사실은 외부인에 불과했기 때문에 업계의 속사정을 잘 알지는 못했다. 석사 과정을 통해 만난 사람들, 수강한 과목 등을 통해 그제서야 비로소 미술업계의 진면목을 볼 수 있었다. 졸업 시점이 다가올 때 관련 분야에 지원서를 넣기 시작했는데, 운이 좋게

학문적이고 전통적인 미술사 석사 과정이 아닌 SIA의 석사 과정을 밟은 것은 탁월한 선택이었다.

도 소더비즈 법무팀 변호사에 공석이 생겨 지원했고, 2022년 4월부터 이곳의 변호사로 일하고 있다.

3. 직업 활동에서 가장 희열을 느끼는 순간은 언제인지? 반대로 가장 좌절했던 순간이 있다면?

돌이켜 보면 지난 수십 년의 시간은 나에게 현실과 이상을 접점을 찾아가는 과정이었다. 거쳐온 직장 모두 의미가 있었지만, 현재의 직업에 이르기 위한 시행착오였을까 싶을 정도로 현재 직업에 대한 만족도가 아주 높다. 물론 계약서 한장 한장을 볼 때까지 매 순간 즐거운 것은 아니어도, 이곳에서 보낸 지난 반년은 분명 기대했던 것만큼 만족스러웠고 앞으로 쌓아갈 시간도 기대된다. 이 정도면 직업에 대한 만족도는 최상이 아닌가 싶다.

세계 어느 대도시에서나 변호사는 많은 업무량에 괴로워하는 것 같다. 그렇지만 직업 자체가 지닌 장점이 업무량에서 오는 괴로움을 상쇄하는지, 볼멘소리를 하면서도 변호사들은 대체로 직업을 유지하는 경우가 많다. 비교적 자율적이고, 사건마다 새로운 쟁점이 등장하기 때문에 반복적이지만도 않으면서, 축적되는 경험을 통해 전문성과 경쟁력을 쌓을 수 있다는 것이 특히 장점이다.

소더비즈에 와서는 이곳의 주요 사업부는 무엇인지, 사업이 어떻게 운영되는지를 두루 살펴보고, 사업부를 지원하기 위한 법무팀의 역할에 대해서 새롭게 배워가고 있다. 당연히 대형 로펌에 비해 업무 시간도 상당히 괜찮다.

소더비즈의 법무는 크게 송무와 자문으로 나뉘는데, 송무를 맡은 변호사들은 소더비즈가 제기하거나 제기당한 소송을 관리하는 역할을 담당한다. 나는 자문을 맡아 소더비즈의 사업부에서 필요한 계약서 검토 전반을 담당하고 있다. 계약서 종류에는 기부 목적의 옥션이나 미술관 옥션 시 소더비즈의 플랫폼을 빌려주는 계약서, 마케팅 회사와의 계약서 등이 있는데, 그중 경매할 물품을 위탁받기 위한 위탁 계약서가 단연 중요하다. 이 위탁 계약서는 소더비즈가 체결하는 계약서의 80퍼센트 정도의 비중을 차지한다.

경매 회사인 소더비즈에서 가장 중요한 업무는 아무래도 경매할 물건을 확보하는 것이다. 예술품 경매시장이 '크리스티'와 '소더비즈'로 양분된 독과점 상태이다 보니 경매 물건을 따오는 것은 정말 경쟁적이다. 위탁자의 대부분은 개인으로, 경매 회사에서는 위탁자가 보유하고 있는 작품을 살펴보고 어느 도시의 경매 하우스에서 제일 잘 팔릴 것 같은지, 판매 예상가는 어느 정도인지 등을 분석한다. 그리고 이런 내용과 함께 마케팅 전략이 포함된 보고서를 작성해 잠재 고객인 위탁자에게 제출한다. 뉴욕, 런던과 홍콩의 경매가 가장 크기 때문에 각 국가의 컬렉터 성향 등을 꼼꼼히 분석해 경매가 이뤄질 도시를 정한다.

내가 소더비즈에 합류하기 바로 전의 일이지만, 미국의 부동산 재벌 매클로Macklowe 부부의 이혼에 따라 법원은 재산 분할을 위해 그들이 보유하고 있던 작품을 경매에서 매각할 것을 명령했었다. 그렇게 2021년 11월 및 2022년 5월 두 차례에 걸쳐 대규모 경매가 이뤄졌다. 당시 소더비즈가 이 일감을 따와 크게 회자되었는데, 총 65점의 작품이 모두 합쳐 미화 9억 2,200만 달러에 낙찰되었다. 개인 소장 컬렉션 낙찰 금액으로는 두 경매 회사를 통틀어 역대 최고를 기록했다.

이때의 경매가 소더비즈에도 성공적으로 기록된 것은 경매 회사가 지급받게 되는 수수료 등의 물질적인 차원 때문이 아니었다. 시장과 시장 플레이어들에게 좋은 경매 물건을 최고의 가격으로 팔아줄 수 있다는 인정을 받고, 위치를 공고히 하는 것이야말로 경매 회사에는 가장 큰 의미가 있는 일이다. 그런 만큼 좋은 경매 물품을 유치해 오는 것은 정말 중요하다. 최근에는 마이크로소프트 공동 창업자 중 한 명인 폴 앨런Paul Allen의 소장품을 두고 어느 경매 회사에서 진행할지 경합이 붙기도 했다. 소더비즈와의 치열한 물밑 경쟁 끝에 아쉽게도 해당 경매 건은 크리스티로 가게 되었다.

이처럼 경매품을 유치해오는 일은 상당히 경쟁적이다. 그래서 위탁자를 확보하고자 위탁자에게 다양한 인센티브를 제공하기도 하는데, 경쟁이 치열할수록 위탁자와 그를 대리하는 변호사와의 협상이 심화되고 장기화된다. 그런 치열한 협상 과정을 거쳐 위탁 계약서가 비로소 체결되었을 때 굉장히 뿌듯함을 느낀다. 이처럼 큰일을 마무리했을 때 순간순간 느끼는 기쁨과 함께 소더비즈에서의 전반적인 삶 또한 상당히 만족스럽다. 변호사라는 직업에 대해 비로소 의미를 찾고 있는 만큼 직업 활동에서도 꾸준히 희열을 느끼고 있다.

아무래도 긴 시간 은행 금융을 전문으로 했던 만큼, 경매로 분야를 전환하면서 불편한 점도 있다. 뱅킹 분야에서 처음 일했을 때 대출 계약서나 담보 계약서 등 계약서들의 주요 쟁점이 무엇인지, 타협점이 무엇인지, 협상은 어떻게 할 것인지에 대한 전문성을 쌓는 데에 많은

경매 회사의 경쟁력은 최고의 작품을 최고의 가격으로 판매하는 데 있다.

시간과 경험을 축적해야 했던 만큼, 새로운 분야에서도 그 과정을 거쳐야 하기 때문이다. 지금은 이런 전문성을 쌓기 위해 쟁점 하나하나를 배워가는 시간을 보내고 있다.

　또한 고객과의 관계에서 발생하는 민감한 상황도 이전에 경험하지 못했던 부분이다. 대형 로펌의 경우 고객이 대체로 법인이기에 개인 고객을 마주할 일이 거의 없지만, 경매 회사의 주된 고객은 개인이다. 그리고 그들이 맡기는 경매 물품이란 부동산이나 자동차가 아니라 개인의 취향과 역사가 담긴 미술품이고, 경매 회사를 찾게 되는 사유는 이른바 3D, 이혼divorce, 죽음death, 채무 및 파산debt인 경우가 대부분이다. 그래서 그런지 고객들이 경매 물품을 둘러싸고 민감해질 만한 상황이 많다.

그러니 상황이나 단어에 촉각을 세워 그 뉘앙스를 잘 파악해야 하고, 개입된 모든 관계자들의 이해관계를 유려하게 대변하는 것이 중요하다. 그런 점에서는 아무래도 이 분야에 충분한 경험이 쌓이지 않은 만큼 매끄럽지 않다는 생각이 들 때도 있다. 이곳에서의 시간과 경험이 쌓일수록 해소될 문제라고 생각한다.

4. 삶에서 소중한 가치관은 무엇인가? 본인의 직업을 통해 원하는 삶을 살아가고 있다고 보는가?

많은 사람들에게 그렇듯 일은 삶에서 꽤 큰 부분을 차지한다. 그렇기 때문에 내가 잘할 수 있고, 동시에 그 일로부터 흥미와 재미를 느끼는 일을 해야 삶 또한 행복하다. 그간 내 커리어는 내가 무엇에 흥미와 가치를 두는지, 이와 관련해 열정적으로 일할 수 있는 분야는 무엇인지를 부단히 찾아온 과정이었다.

돌아보면 어릴 적부터 항상 '이야기'를 좋아했다. 서사를 통해 표현되는 인간성에 관심이 많아서인지 소설이나 만화를 끼고 살았다. 이런 서사는 꼭 풀어 쓴 글이 아니라 미술이나 음악에도 담겨 있어서 전시, 영화, 오페라를 모두 즐기는 편이다. 글을 읽거나 음악을 듣거나 그림을 보면서 느끼는 '공감'은 사람들이 종종 강하게 느끼는 외로움, 절망 등의 부정적인 감정에 그 무엇보다 큰 위로가 되는 것 같다. 그 누구도 이해하지 못할 것 같은 마음을 작가가 소설 속 주인공을 통해 표출해 줄 때 전율 같은 것을 느낀다.

이렇듯 문학, 음악, 미술 등의 문화 콘텐츠는 공감의 매개로서 개인과 개인 간 그리고 개인과 사회 간의 소통의 통로가 되기도 한다. 그래서인지 콘텐츠 그 자체뿐만 아니라, 콘텐츠를 둘러싼 또는 콘텐츠를 통한 소통이 나에게는 흥미롭고 중요하게 느껴졌다. 그만큼 문화 콘텐츠는 내가 가치를 두는 분야였고, 반드시 콘텐츠를 제작하고 생산해 내는 일이 아니더라도 이와 '닿아 있는' 일을 하고 싶었다.

SIA 석사 과정을 밟던 여름방학 때는 뉴욕 소호와 어퍼이스트사이드 두 동네에 지점이 있는 비교적 오래된 상업 갤러리에서 인턴을 했다. 상업 갤러리가 운영되는 방식을 보고 배우는 것도 흥미로웠지만, 사람들이 그림을 왜, 언제 사는지를 개인적으로 관찰하는 것이 재미있었다.

갤러리는 유명하지는 않아도, 그 자리를 꾸준히 지켜온 중년의 베테랑 갤러리스트가 운영하는 곳이었다. 갤러리스트는 매일같이 나와서 고객을 응대하고, 작가와 작품 관리 업무를 이어갔다. 큰손 고객이 있는 곳도 아니었는데, 뉴욕의 많은 갤러리가 그렇듯 생각보다 다양한 이웃의 컬렉터들에 의해 유지되는 것이 보였다. 특히 주변에 사는 노년의 컬렉터들이 주 고객으로, 이들의 안내를 돕다 보니 신기하게도 고객들이 구매를 결정하는 시점이 있었다.

예상보다 한눈에 반해서 그림을 사는 사람들은 잘 없었다. 사람들은 작품을 처음 접하고, 집에 가서 계속 생각이 났는지 한 번 더 보러 왔다. 사람마다 달랐지만, 적어도 두 번은 보고 작품을 구매했다. 이들은 어떤 방식으로든 작품에 '공감'을 느꼈기에 구매를 결정했을 것이다. 이렇게 작품이라는 콘텐츠가 사람의 행동에 영향을 미치는 양태

인턴을 했던 갤러리 전경

를 관찰하고, 여기에 나만의 시각을 더해 미술시장을 알아가는 것에 큰 희열을 느낀 시기였다.

지금의 업무도 마찬가지다. SIA에 진학하기 전까지는 한 번도 정식으로 공부해 본 적이 없으니, 오히려 잘 몰랐던 분야라는 점에서 더욱 흥미를 느꼈던 것 같다. 미지의 것이라 계속해서 호기심을 자극하는 판도라의 상자처럼 말이다. SIA에서 지식을 쌓고, 현재 업무를 맡아 하면서도 이 분야에 대한 관심과 재미는 계속해서 유지되고 있다. 아무래도 직접 마주하며 피부로 배우는 경매시장과 그 구성원의 면모가 상당히 다양하고 흥미롭기 때문인 것 같다.

경매 회사는 양질의 경매품 확보를 위해 위탁자에게 인센티브를 제공하기도 하는데, 그중 가장 보편적인 방법은 낙찰 시 경매 회사에 지급해야 하는 수수료를 인하해 주는 것이다. 그 외에 경매 회사가 위탁자에게 일정 금액 이상의 판매를 보증하는 방안도 많이 활용된다. 만약 경매에서 보증 금액에 낙찰되지 않을 경우, 경매 회사가 낙찰자를 자처해 미술품을 매입하고 위탁자에게 약정한 보증 금액을 지급한다. 이때 위탁자는 이런 보증의 대가로 낙찰 금액의 일부를 경매 회사에 지급하는 것이다.

하지만 경매 회사의 사업 모델은 미술품 매입 기반이 아니기 때문에 경매 회사가 오롯이 매입 리스크를 떠안는 경우는 드문 편이다. 그래서 경매 회사는 이와 같은 보증 리스크를 최소화하기 위해 제3의 응찰자를 마련해 놓는다. 쉽게 말해, 경매 회사가 제3의 인물을 보증인으로 세워 위탁자에게 최소한의 낙찰가를 보증하는 것으로, 이때 입찰 가격이 보증 가격을 넘어갈 경우 일정 수수료를 받는다. 이를 소더비에서는 취소 불가능한 조건의 입찰Irrevocable Bid, 크리스티에서는 제3자 보증Third Party Guarantee이라고 말한다.

경매 회사의 필요로 이런 제3의 응찰자와의 보증 약정을 유도하기 위해서 경매 회사는 특정 작품의 경매로 벌어들이는 수익의 일부를 제3의 응찰자에게 배분하는 약정을 하게 된다. 나는 제3의 응찰자 개입 여부, 제공하는 인센티브의 정보, 취하는 금융 구조 등의 협상을 사업부와 함께 진행한다.

한편 소더비즈에서 변호사로 일하면서 미술업계 내의 니치niche한 사업 모델을 보는 것도 하나의 흥미 요소다. 제3의 보증인 제도 또한 그중 하나로, 그 종류도 다양하다. 전통적으로 컬렉터 본인이 자신의 컬렉션에 부합하는 작품이 경매에 나오는 경우, 일정 금액 이상의 금액으로 매수할 것을 약정하는 방식이었다. 그러나 근래에는 주로 스타트업과 같은 미술 투자 회사들이 제3의 보증인으로 개입되는 경우가 종종 있다. 작품으로 포트폴리오를 구성하는 투자 회사도 있고, 작품을 담보로 전문적인 파이낸싱을 진행해 주는 회사도 있다. 산업 트렌드에 맞게 미술시장이 변모하는 모습을 보는 것이 흥미롭다.

5. 수많은 도시 중 뉴욕을 활동 무대로 삼게 된 계기는 무엇이며, 뉴욕 '아트 신'만의 장점은 무엇이라고 생각하는가?

돌이켜 보건대 뉴욕은 내 가치관에 딱 들어맞는 도시였던 것 같다. 그래서 그런지 지속적인 끌림을 느꼈고, 로스쿨을 코넬대학교Cornell University로 지원한 것도 직업을 뉴욕에서 잡기 위해서였다.

뉴욕에서의 삶은 만족도가 아주 높은 편이다. 무엇보다 자유롭다는 점이 가장 큰 이유이다. 하지만 그 자유의 이면은 외로움이라는 생각도 든다. 아무래도 최근 오랜만에 구직 생활을 했던 만큼, 한국에서와 같이 주변에 도움이나 조언을 구할 만한 친구나 선후배가 없다는 사실이 더욱 실감 났다. 미국 동부에서 로스쿨을 나와 뉴욕에서 직장 생활을 하기까지 미국에서의 생활도 어느덧 수십 년이 되었다. 하지만 아직도 이곳에서 내 자신을 대변할 사람은 나 혼자라는 생각이 든다.

로스쿨을 같이 졸업했던 친한 친구들 중에서도 이제 뉴욕에 남은 이들은 몇 명 되지 않는다. 처음에는 모두 뉴욕이 출발점이었는데, 대부분 자기 출신 국가나 주로 떠났다. 길거나 짧은 인연을 맺을 때마다 친하게 지내는 모임도 달라지고, 그래서 그런지 지낸 시간에 비해 고향 같은 느낌이 덜하다.

하지만 뉴욕이라는 도시는 곧 브랜드이자 많은 콘텐츠의 소재이며, 나에게는 그 자체로 하나의 콘텐츠다. 자유에 대한 갈망이나 새로운 삶에 대한 도전은 이 도시의 시발점이었을 뿐만 아니라 현재진행형의 핵심 철학이다. 뉴욕은 이를 좇아 끊임없이 유입되는 다양한 역사, 배경, 목적의 사람들로 넘쳐난다. 이런 도시의 젊고 활기찬 환경은 새로운 콘텐츠를 발생시키며, 동시에 이 특유의 다양성 자체가 콘텐츠이기도 하다. 상당히 오랜 기간 이 도시에서 살고 있지만, 뉴욕의 길거리, 건물, 도시의 구성원, 그 어느 것도 당연하게 느껴지지 않는다.

뉴욕의 미술 분야는 그 양과 질에서 무한한 것 같다. 특히 미술에 대한 접근성은 그 어느 도시와도 비교할 수 없다. 나는 뉴욕의 미술관

중 MET를 제일 좋아한다. MET는 양과 질에서 단연 압도적이고 나아가 감동을 준다. 워낙 좋아해 자주 방문해서 그런지, 한번은 MET가 시민들에게 보여주고 전하고자 하는 것은 무엇일까 의문이 든 적이 있다. MET에는 인류가 문명을 싹틔웠을 때 함께한 예술품부터 컨템퍼러리 작품까지 방대한 소장품이 전시되어 있다. 인류의 역사와 예술이 불가분의 관계였다는 것을 보여주려고 한 것인지 그 의도가 궁금해졌다.

이외에도 MET에는 다양한 예술 관련 프로그램들도 많다. 아카데믹한 것부터 아이들이 참여하는 놀이 활동에 이르기까지 그 종류도 여러 가지여서 프로그램이나 강의를 통해 누릴 수 있는 것이 많다. 그런 점에서 뉴욕 미술시장을 어쩌면 MET에 비유할 수 있을 것 같다. MET와 같이 양과 질에서 압도적이고, 다양성에서도 가장 독보적이기 때문이다.

그 연장선상에서 뉴욕 미술시장은 컬렉터 역시 다양하다. 이는 소호에 있는 갤러리에서 인턴 생활을 하던 시절에 특히 체감했다. 이 갤러리에서 취급하는 작품은 주로 현대 구상Contemporary Figurative 화풍이었는데, 딱히 내 취향도 아니고 블루칩 작가나 주목받는 신진 작가의 작품도 아니었다. 특정 가격대의 안정적인 구상 작품들이 주를 이뤘는데, 이런 작품을 즐겨 찾는 특정 고객 층이 있었다. 바로 어퍼이스트 사이드에 살거나, 다른 주에 살지만 뉴욕을 주기적으로 방문하는 연령대 있는 고객들이었다. 이들의 구매는 작품의 투자가치보다는, 그냥 정말 마음에 든다는 것이 이유였다. 이 도시의 미술 소비는 삶에 밀접해 있다는 인상을 크게 받는다.

6. 10년 뒤의 나는 어디에서 어떤 비전을 이루고 있을까?

비교적 오랜 기간 금융 변호사로 일하다 소더비즈로 이직한 지 얼마 되지 않았기 때문에 이곳 외에서의 커리어에 대해서는 생각할 틈이 없었다. 적어도 앞으로 5년은 이곳에서 일을 배우며 베테랑 사내 변호사가 되고 싶다.

경매 회사의 사내 변호사로 일하며 가장 자주 마주하게 되는 상대 변호사는 아무래도 위탁자를 대리하는 변호사들이다. 변호사가 차고 넘치는 뉴욕이지만, 미술법 자문으로 유명한 변호사는 다섯 명 정도뿐이다. 이들과 반복적으로 업무를 하다 보니, 확실히 로펌에서 자주 접하던 파트너 변호사들과는 다르다는 것을 느꼈다. 기업을 고객으로 두고 있는 변호사와 달리, 개인을 고객으로 하는 변호사는 고객 개개인의 업무 성향뿐만 아니라 삶의 반경이나 개인적 취향과 같은 사적인 영역까지 파악하고 맞춘다. 예술품에 대한 이해도도 높아서, 독립적인 자산으로서의 미술품이 아닌 하나의 컬렉션을 구성하는 자산으로서의 미술품으로 대한다.

그런 만큼 업무 스타일도 구별된다. 로펌에서 검토하는 론닥Loan doc과 같은 금융 계약서는 200~300페이지 달하는데, 소더비즈에서 보는 위탁 계약서는 20~30페이지 정도로 간결하다. 따라서 조항 하나하나가 협상의 대상이 되므로 특정 조항과 관련해 언급될 수 있는 쟁점, 협상 포인트 등을 꼼꼼하게 살펴야 한다. 이는 결국 경험의 양과 직결되기 때문에 가능한 다양한 위탁 계약서를 검토하고 협상하면서 많은 경험을 쌓으려 한다. 이 업계 전문가인 변호사들과 비등한 실력을 쌓아 이들과 계속해서 교류를 이어나가고 싶다.

소더비즈는 미술시장에서 일하고자 하는 자들의 사관학교라고 불릴 정도로, 변호사를 비롯해 소더비즈 출신의 많은 사람들이 미술업계에 포진해 있다. 따라서 단기적으로는 이들과의 네트워킹을 통해 미술시장을 속속들이 파악하고 있는 전문가가 되고 싶다. 장기적인 비전은 아직 생각해 본 적 없지만, 아무래도 사내 변호사이다 보니 회사의 법무팀장General Counsel을 떠올리게 된다. General Counsel은 C 레벨에서 CEO, CFO 등과 함께 소더비즈 운영의 큰 그림을 그리고 주요 의사결정에 참여하는 역할을 하는데, 이곳에서 보내는 기간이 길어지고 그동안 계속해서 이 열정이 지속된다면 General Counsel 역할도 해보고 싶다. 앞으로 이곳에서 더 많은 일을 하다 보면 구체적인 그림을 그려갈 수 있을 것 같다.

7. 미술시장, 특히 뉴욕 미술시장으로의 진입을 꿈꾸는 이들에게 해주고 싶은 말이 있다면?

미술시장은 생각보다 다양한 플레이어들로 구성되어 있다. 경매회사뿐만 아니라 크고 작은 규모의 갤러리, 미술관, 비정부기구Non-Governmental Organization, NGO, 정부기관 등이 다양한 미술 관련 사업을 운영하고, 그런 기관 내에서 수행할 수 있는 역할도 다양하다. 또 미술품과 관련해 특화된 자문, 마케팅, 감정, 세무, 보험, 운송 등 파생 사업이나 역할도 무수하다. 따라서 꼭 '미술'이나 '미술사'를 전공하지 않더라도, 본인의 배경과 흥미, 적성에 맞는 업무 중 미술과 닿아 있는 분야를 통해 미술시장으로 진입할 수 있다.

물론 미술과 직접 관련된 업무가 아니라도, 미술시장에서 활동하는 사람들은 대체로 미술 자체에 대한 열정이 있는 경우가 많다. 그렇기 때문에 미술시장과 미술품에 대한 열정과 지식, 트렌드에 대한 예민함을 꾸준히 키워야 경쟁력을 가질 수 있다. 바지런히 많이 보러 다니고, 업계 내 다양한 사람들과 많이 소통하라는 것이 가장 큰 조언이라면 조언이겠다.

붓 터치 하나하나가 모여
시그니처가 된다

아티스트 김민구
@minku

인터뷰에 앞서

아티스트와의 만남이 잦아지며 이들도 다른 분야와 마찬가지로 근면과 성실이 미덕인 직업군이라는 것을 느꼈다. 작업에 몰두하는 수천, 수만의 시간과 작품에 대한 꾸준한 고민이 곧 예술적 영감과 창의성의 원천이다. 2023년 초 뉴욕 구겐하임미술관과 LA의 MAK 건축예술센터MAK Center for Art and Architecture에서는 알렉스 카츠Alex Katz의 전시가 열리고 있었다. 그중에서도 특히 기억에 남는 것은 그가 자서전에 쓴 다음의 문장이다.   .

"So I started drawing round the clock. I drew and drew. When I wasn't sleeping I was drawing. I'd eat lunch in 7 minutes and draw the rest of the time. I made the closets full of drawings, and learned how to draw. It's like mechanical thing, like riding a bicycle, you just put energy into it(나는 하루 종일 그림을 그렸다. 그리고 또 그렸다. 자는 시간을 빼면 항상 그림을 그렸다. 7분 안에 점심을 먹고, 나머지 시간에는 그림을 그렸다. 그렇게 벽장을 그림으로 가득 채우며 그림 그리는 법을 배웠다. 그린다는 것은 마치 자전거를 타는 것처럼 기계적

인 일이다. 그저 최선을 다해 노력할 뿐이다)."

카츠는 그리는 행위로부터 기술적으로 자유로워지기 위해, 자동화 경지에 이르고자 했다. 업무가 어느 정도 자동화되는 단계에 이르렀을 때 다른 흥미로운 생각을 할 수 있고, 예술적 영감도 기술적인 제약 등으로부터 보다 자유롭게 발현시킬 수 있다. 이것은 비단 화가들뿐만 아니라 모든 직업에 해당하는 이야기다. 『1만 시간의 법칙』이라는 책도 있지 않았는가.

김민구 작가는 이 말에 딱 어울리는 사람이었다. 그를 알게 된 이후 뉴욕의 도처에서 그와 마주쳤다. 첼시 갤러리 지구를 걷다가도, 아트 페어를 보러 갈 때도 예외가 아니었다. 그리고 우연히 만났을 때도, 그의 스튜디오에 방문했을 때도, 그는 매번 마스터 작품으로부터 받은 영감을 새로운 작품에 쏟아내고 있었다. 마치 그림 그리는 기계와 같아 보였는데, 그 바탕에 그의 탄탄한 기본기가 있었음을 그리 오랜 시간이 걸리지 않아 깨달았다.

맨해튼 할렘부터 브루클린 부시윅까지, 뉴욕 구석구석에는 다양한 작가들의 스튜디오가 위치해 있다. 그리고 뉴욕에 있다 보면 그곳에 직접 방문할 기회가 심심치 않게 생긴다. 특히 작가가 일정 기간 동안 일반 사람들에게 작업실을 공개하기도 하는데, 이런 '오픈 스튜디오'는 작가의 작업실과 작업 과정을 가깝게 들여다볼 수 있는 특별한 경험이다.

서울에도 이런 오픈 스튜디오 프로그램을 통해 작업실을 방문할 기회가 더러 있지만, 서울 '아트 신'에서는 작가의 지인이나 갤러리 종사자, 전문 컬렉터가 주된 방문객이다. 반면 뉴욕의 스튜디오는 조금

뉴욕을 대표하는 현대 초상화의 거장 알렉스 카츠의 작품 앞에서

더 대중에게 열려 있다. 특히 아직 전속 갤러리가 없는 작가라면, 아트페어, 졸업 전시회, 갤러리 등에서 마주쳤을 때나 인스타그램을 통해 스튜디오 방문 가능 여부를 가볍게 물어볼 수 있다.

작가에 따라 스튜디오의 위치나 크기는 모두 제각각이다. 스튜디오 공간을 렌트하는 것이 가장 일반적이겠지만, 경우에 따라 살고 있는 집의 일부를 스튜디오로 활용하기도 하고 레지던스 프로그램에 참여해 스튜디오를 배정받기도 한다. 작가의 스튜디오는 작업 활동을 위한 공간인 동시에 동료 및 선후배 작가들과 소통하고 협업하는 공간이다. 대중에게 이런 공간을 공개하는 오픈 스튜디오의 목적 중 하나도 대중과의 소통이다.

오픈 스튜디오는 주요 미술 관계자나 애호가가 뉴욕에 모여드는 봄과 가을에 집중적으로 열린다. 또 작가가 소속된 갤러리, 작가 레지던시를 운영하는 재단 법인, 학교나 아트페어의 주도로 진행되는데, 이외에도 컬렉터나 작가의 작품 제작 과정에 관심이 있는 미술 애호가의 요청에 따라 개별적으로 이뤄지기도 한다.

뉴욕에 있는 기간 동안 방문한 많은 스튜디오 중 단연 기억에 남는 곳은 오리지널 뉴요커인 제니 민Jenny Min과 김민구 작가의 스튜디오다. 그중 김민구 작가의 스튜디오는 총 세 번에 걸쳐 방문했는데, 그때마다 작가가 받은 영감이 작품에 어떻게 발현되는지 그 활동의 변천을 느낄 수 있었다. 무엇보다 이곳은 작가의 작업 활동에 대한 생각, 고민과 즐거움, 그리고 주변 사람들과의 교류 등 그의 삶이 여실히 녹아 있는 공간이었다.

그리고 뉴욕에서 나고 자란 한국계 도예가 제니의 집은 그리니치

빌리지Greenwich Village에 위치해 있었다. 2차 세계대전 이전에 지어진 프리워 빌딩이었는데, 집의 구조는 부엌부터 안방까지 일자로 이어져 있는 레일로드 스타일이었다. 뉴요커나 유럽 사람들은 이런 오래된 건물에 사는 것을 개의치 않고, 심지어 선호하기도 한다. 오래된 것이 주는 분위기, 특히 혼잡하고 가끔은 지저분하기도 한 뉴욕의 번잡한 도로에서 벗어난 듯한 고즈넉함이 좋기 때문이다. 반면 아시아 사람들은 대체로 신축이나 재개발되어 깔끔한 건물을 선호한다. 뉴욕의 렌트시장만 봐도 각 나라 사람의 성격을 어느 정도 유추해 볼 수 있다.

당연히 뼛속 깊이 뉴요커인 제니의 집에는 세월의 흔적이 담겨 있었다. 엘리베이터가 없는 프리워 빌딩이기에 5층 집까지는 좁고 가파른 계단을 통해 올라가야 했다. 그렇게 문을 열고 들어서면 부엌이 바로 등장하는데, 노란색 꽃이 작은 화병에 꽂혀 있어 집안 전체가 화사해 보였다. 오래된 나무 바닥에서 나는 삐걱거리는 소리도 정겨움을 더했다. 부엌에서 작은 홈 바home bar가 이어지고 책상, 침대, 다음에 그의 스튜디오가 등장한다. 강한 햇살이 들어오는 스튜디오에는 벽난로 위 선반을 비롯해 한쪽 벽면 전체가 그의 도자기 작품과 호안 미로Joan Miró 스타일의 드로잉으로 빼곡히 채워져 있었다.

원래는 집 근처 별도 건물에 스튜디오 공간을 마련했었는데, 펜데믹으로 집에 스튜디오 공간을 차리게 되었다고 한다. 제니는 뉴욕대학교에서 금융을 전공하던 중 교환학생으로 떠난 피렌체에서 도예의 매력에 빠졌다. 그래서인지 그의 집 곳곳, 스튜디오나 작품에서 이탈리아나 그리스의 지중해 감성이 느껴지기도 했다.

한편 김민구 작가의 스튜디오는 브루클린 네이비야드Navy Yard 빌

이탈리아와 그리스 감성이 느껴지는 제니 민의 스튜디오

딩 단지에 위치해 있다. 브루클린의 많은 동네가 그렇듯 이곳 역시 과거 공장 지대를 재생해 만든 단지로, 페기 구Peggy Gou의 콘서트가 단지 내 홀에서 열리기도 했다. 스튜디오 건물 1층에는 뉴욕의 핫한 베이글 집인 러스앤도터스를 비롯해 음식점이 여러 개 입점해 이 동네의 랜드마크 역할을 한다. 로나 심슨Lorna Simpson 등 이미 상업적 성공을 거둔 작가들의 스튜디오도 이곳에 있다.

김민구 작가의 스튜디오에는 그가 현재 작업 중인 작품뿐만 아니라 그 뒤편으로 대학 시절부터 비교적 최근까지의 작품도 전시되어 있었다. 이를 통해 각 시기마다 그가 어떤 생각과 과정을 갖고 작품 활동에 몰두했었는지, 그만의 역사와 꿈이 여실하게 느껴졌다. 그의 스튜디오를 수차례 방문하면서 그가 아티스트로서 가진 성실함이라는 자질이 결국 작품의 주된 재료라는 생각이 들었다.

또 김민구 작가는 요즘 많은 작가들처럼 소셜미디어상으로도 활발하다. 나 역시 그를 인스타그램을 통해 처음 접했다. 당시 한창 꽂혀 있던 모노크롬monochrome 작품 스타일에 반해 인스타그램 메시지로 먼저 연락한 것이 계기가 되었다.

누구에게나 타인으로부터 관심을 받거나 새로운 것을 하고 싶은 욕구가 있고, 틱톡이나 인스타그램 등의 소셜미디어로 그런 욕망은 더욱 거세졌다. 그런 만큼 예술가들 또한 소셜미디어를 자신과 작품을 홍보하기 위한 수단으로 활용한다. 하지만 이를 바라보는 시선이 항상 곱지만은 않은데, 일론 머스크Elon Reeve Musk가 그의 트위터에 올린 피드가 그 예다.

반드시 모든 작가들이 소셜미디어 활동에 열을 올리는 것은 아니

김민구 작가의 역사와 꿈이 느껴지는 스튜디오 풍경

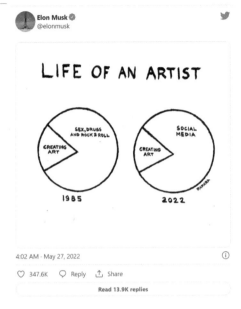

일론 머스크가 아티스트의
소셜미디어 활동을 비꼬며 올린 피드

며, 소셜미디어에 시간을 쏟는 작가들을 부정적으로만 바라보는 것도
옳지 않다. 소셜미디어가 예술가와 그의 작품을 보다 대중적으로 알
리는 데에 훌륭한 역할을 한다는 점은 부인할 수 없는 사실이다. 이는
소셜미디어의 몇 안 되는 순기능 중 하나라고 생각한다.

개인적으로 친분이 있는 지인 중에 뉴욕에서 아트 핸들링Art
Handling•을 하는 사람이 있다. 그는 김민구 작가의 작품은 바로바로 팔
린다며, 작가의 이름 대신 '그리는 족족 그림 내보내는 사람'으로 기억
했다. 김민구 작가가 스튜디오에서 작품을 고민하고, 작업하고, 연구
하는 시간을 미뤄봤을 때 당연한 평가다.

• 예술 작품을 다루는 행위를 통칭하며, 미술관 및 아트페어 등의 다양한 장소에서 작품을 안전하게 이
동하고 설치 및 관리·보관하는 것을 말한다. 관련 전문가는 아트 핸들러라고 부른다.

---

1. 본인의 직업을 간략하게 소개해 달라.

뉴욕 브루클린을 기반으로 활동하는 아티스트 김민구다. 미대에 진학한 2008년부터 현재까지 16년 정도 매일같이 작품 활동을 해오고 있고, 뉴욕에서 전업 작가로 활동한 지는 어언 6년 차에 접어들었다.

2. 현재의 직업을 선택하게 된 계기는?

2005년 고등학교 1학년 때 서울에서 뉴욕으로 이민을 왔다. 유대인이 많이 사는 동네였는데 학교에 한국인은 나뿐이었다. 서울에서 학교를 다닐 때 공부를 곧잘 했다. 하지만 미국 고등학교에 적응하는 것이 어렵게만 느껴졌다. 성격상 모든 과목에 성실히 임했지만, 언어 장벽으로 노력한 만큼의 성과가 나오지 않아 스트레스를 받았다.

다행히 언어 능력이 덜 요구되는 수업에서 이를 발산할 수 있었는데, 특히 미술과 음악 수업이 그랬다. 그 때문인지 평가도 좋게 받아 11~12학년 때는 고등학교 재즈 앙상블 앤 클래식 오케스트라Jazz Ensemble&Classical Orchestra에 소속되어 학교 밴드와 카네기홀Carnegie Hall에서 두 차례 연주하기도 했다.

더불어 2년 동안 시 창작, 3D, 사진, 그림 수업을 함께 들었는데, 기술적인 기본기를 바탕으로 하되 개인의 창의력과 표현을 중시하는 교육이었다. 이때 개성 있는 다양한 작품과 표현을 접하면서, 나만의 목소리를 구축하는 것의 중요성을 인지하게 되었다. 특히 11학년 때는 미술 선생님의 격려로 쿠퍼 유니언Cooper Union에서 진행하는 프로그램에 참여했고, 이를 통해 예술의 비정형성과 잠재력을 배우고 느꼈다. 예술적 아름다움은 반드시 시각적인 것에만 있는 것이 아니라, 말이나 글, 내가 걷는 도로, 살고 있는 건물이나 도시 등 일상의 다방면에 다양한 형태로 존재할 수 있다는 것을 배웠다.

그래서인지 처음에는 건축가의 꿈을 키웠다. 11학년 여름에는 코넬대학교에서 건축과 지망생을 대상으로 한 프로그램에 참여했는데, 당시 들었던 건축학 기초 수업에서 완벽한 큐브를 만드는 과제가 있었다. 지금 생각해도 정말이지 끔찍했다.

건축설계에는 한 치의 오차도 허용되지 않으므로 공간을 구성하는 가장 기본적인 정육면체를 통해 그 중요성을 보여주고자 하는 취지였다. 1인치의 32까지 정확도를 측정했기 때문에 6×6×6인치 규모의 만만한 사이즈의 큐브를 수차례 만들고 깎기를 반복했고, 결국 통과할 수 있었다. 돌이켜 보면 이때의 경험은 현재 작품 창작에도 영향을 미

쳤다. 작품 시리즈인 S.E.P.Straight Edge Paintings는 칼같이 섬세하게 선과
면의 순수성을 강조하는데, 그 탄생에 영감이 되었다.

　그렇게 건축과 꿈을 접고 고민 끝에 메릴랜드 인스티튜트 칼리지
Maryland Institute College of Art, 이하 MICA에 진학했다. 같은 학년에 훌륭한
친구들이 많았던 덕분에 학부 시절을 참 치열하게 보냈던 기억이 난
다. MICA는 순수미술에 대한 창의적이고 오픈된 프로그램을 가진 동
시에, 학생들에게 아티스트로서 가져야 하는 경제 관념을 소개해 주
기도 했다. 교수가 자신의 수업을 듣는 학생의 작품을 구매하는 경우
도 부지기수이고, 교내에서는 종종 아트 마켓이 열려 학생들 간에도
작품을 사고팔 수 있었다.

　특히 1학년 때 우수한 친구들만 모아 듣는 수업이 있었는데, 그 수
업 당시 교수님이 내가 과제로 해온 작품을 구매하거나 자신의 작품
과 교환할 수 있는지 물었다. 이때 적잖은 충격을 받았다. 그 수업에는
지금 미국 전역에서 훌륭한 작가 활동을 이어나가고 있는 멋진 친구
들이 많이 속해 있었다. 그런데도 교수님은 특별히 내 작품을 마음에
들어 하며 교내 개인 전시 기회를 주기도 했다. 당시 심리학과 건물의
로비, 계단 등에 작품을 전시했고, 심리학과 교수님이 내 대형 작품을
구매하기도 했다.

　그렇게 대학교를 졸업하고 잠시나마 방황의 시기가 찾아왔을 때,
6개월 정도 캘리포니아로 여행을 떠났다. 당시는 회화 외에도 다양한
미디어에 관심을 갖기 시작했을 때라 무한정 사진을 찍기도 하고 설
치 작품을 만들기도 했다. 동부 기반 작가들에 비해 베이에어리어Bay
Area 화가들의 색채는 더 생동감 있고 화려한 편이다. 이들의 작품은

캘리포니아의 강렬한 햇빛과 색채감을 추상화시킨 경우가 많은데, 그 작가들이 보던 동일한 풍경과 색채를 직접 온몸으로 느껴보고 싶었다. 그렇게 6개월간의 여행을 끝내고 가족이 있는 뉴욕으로 돌아왔다.

뉴욕에 돌아와서도 지난 6개월간 사진 찍던 것이 습관이 되었는지, 계속해서 사진 작업에 몰두했다. 동시에 뉴욕에서 생계를 이어나가기 위해 태국 음식점 배달원, 카페의 바리스타, 아동 미술 선생, 갤러리 어시스턴트, 작가 어시스턴트 등 파트타임 일을 병행했다. 한번은 일본 아티스트 다카시 무라카미Takashi Murakami의 작업실에서 세 달 동안 어시스턴트로 일하기도 했다. 세계적인 작가답게 작업실은 항상 정갈했고, 많은 직원들이 일하고 있어 마치 하나의 기업처럼 움직였다.

또 로어이스트사이드에 위치한 카르마 갤러리에서 일하기도 했다. 갤러리가 뉴욕에 생긴 지 얼마 안 되었을 때였는데, 나는 당시 갤러리가 위치했던 그레이트 존스 스트리트Great Jones Street에서 전시 후 작품들을 창고로 옮기거나 도록을 포장하기도 했고, 갤러리 오프닝이 있을 때는 바텐더로 일하기도 했다.

오프닝에는 당시 내가 존경하던 브라이스 마든Brice Marden, 메리 하일만Mary Heilman, 줄리언 슈나벨Julian Schnabel, 알렉스 카츠 등 뉴욕 기반의 유명 작가들이 참석했는데, 이들과 실제로 만나 자연스럽게 인사나 스몰토크를 하는 멋진 경험까지 가졌다. 이런 파트타임 경험을 통해 끊임없이 자극받을 수 있었고, 나도 언젠가는 멋진 작품과 전시를 하고 싶다는 생각이 확실해져 갔다.

그로부터 몇 달 후 나는 뉴욕 스튜디오 스쿨New York Studio School에서 조각과 회화 MFA를 시작했다. 이곳은 휘트니미술관의 본거지로서, 미술관의 설립자인 거트루더 밴더빌트 휘트니Gertrude Venderbuilt Whitney가 직접 거주하고 자신의 작업 활동을 위한 작업실로도 활용했으며, 종종 다른 작가들과 파티를 했던 유래 깊은 곳이다. MFA를 했던 2015년부터 2017년까지 2년 동안, 거의 매일같이 10시쯤 출근해서 자정이나 그다음 날 1~2시에 건물 관리자들과 함께 문을 닫고 나왔다. 왜 그렇게까지 치열했나 싶었던 시절인데, 돌이켜 보면 거듭 작업에 탄력을 받는 과정이 신났기 때문이었던 것 같다.

과제를 위해 스튜디오에서 늦은 시간까지 작업에 몰두하다 보면, 문득 내 작업이 다음 단계로 나아갔구나 하는 묘한 느낌을 받을 때가 있다. 그렇게 작업한 과제를 제출할 때면 교수님 역시 내 작품을 통해 감정적으로 동요하거나 자극받는 느낌을 받고는 했다. 또 같은 반에 취미 삼아 조각 수업을 듣는 부유한 청강생이 있었는데, 내 조각이 좋다며 그림도 보여달라고 하더니 그 자리에서 작품을 사가기도 했다. 대학원의 이사회와 교수님, 맨해튼 동네 주민 역시 계속해서 내 작품을 구매했다. 물론 내 착각일수도 있지만 이런 과정들이 계속해서 나에게 확신을 주면서, 내가 아티스트로서 무엇인가 제대로 하고 있다는 믿음이 차곡차곡 쌓여갔다.

그렇게 졸업 후에는 자연스럽게 브루클린에 작은 스튜디오를 얻었다. 당시에는 개인 스튜디오 렌트를 부담할 경제적 여유가 부족해 다른 작가와 함께 스튜디오를 공유했다. MFA가 비교적 작업 활동에 치중한 시기였다면, 졸업 후에는 작품 활동에 더해 전업 작가로의 홀로서기도 준비해야 했다. 학교를 벗어나니 아티스트로서의 당연한 소명이자 과제인 작품 발전뿐만 아니라, 한 명의 자영업자로서 나라는 기업 또한 운영하고 성장시켜야 했다.

특히 뉴욕이라는 매력적인 도시에서 전업 작가로의 삶을 영위하려면 살인적인 물가라는 대가를 감당해야 했다. 매달 팔리는 작업 물량이 보장된 것이 아니기 때문에 경제적으로 불안정할 수밖에 없었다. 그래서 독립 초기에는 미술 교사나 스튜디오 근처의 커피집에서 바리스타로 일하며 달마다 일정한 수입을 확보했다.

지금은 많은 아티스트들이 소셜미디어를 작품 전시 및 소통의 공간으로 삼는데, 나는 비교적 이르게 소셜미디어를 시작했다. 작품을 보여줄 곳은 없고, 나만 보기에는 아깝고 무의미다는 생각 끝에 2011년부터 꾸준히 인스타그램에 작업물을 올렸다. 그러던 중, 2017년 어느 날 알렉산더 베르그루엔Alexander Berggruen이라는 사람으로부터 인스타그램 다이렉트 메시지를 받았다. 그는 미술품 경매 회사인 크리스티에서 컨템퍼러리 아트 스페셜리스트로 일하고 있는 사람이었다. 메시지를 주고받다 자연스럽게 스튜디오에 초대했고, 그는 방문 직후 바로 작품 몇 점을 구매했다.

이후에도 알렉스와는 계속해서 연락을 이어갔다. 그는 자신의 아버지가 캘리포니아 LA에 갤러리를 운영하고 있는 갤러리스트라고 이야기했었는데, 2019년 어느 날 갑자기 사라 휴스Sarah Hughes와 듀엣 쇼를 해보지 않겠냐는 제안을 해왔다. 전율이 느껴졌다. 사라 휴스는 이미 상당한 상업적 유명도를 얻어 성공 가도를 달리는 젊은 작가였다. 그런 사람과 듀엣 쇼를 한다니 믿겨지지 않았다.

전시회는 상상 이상으로 성공적이었고, 기존에 보냈던 40여 작품 외에도 계속해서 주문이 들어와 10여 작품 정도를 추가로 보낼 정도였다. 전량 매진이었다. 대성공적인 첫 전시 후 나는 당시 아르바이트하던 커피집과 미술학원을 그만두고, 인생 처음으로 전업 작가의 길로 첫 발걸음을 디뎠다.

그렇게 전업 작가로서의 확신을 얻은 후, 현재는 스튜디오를 이전해 작업 활동을 계속해 나가고 있다. 밤낮없이 작품에 몰두하는 시기도 있었지만, 현재는 의식적으로 조금 더 기업가 정신에 따라 스튜디오 '운영'에도 노력을 기울이려고 한다. 스튜디오에는 정말 다양한 사람들이 찾아온다. 갤러리 관계자, 컬렉터, 컬래버레이션 등의 프로젝트를 제안하려는 관계자, 음악가, 건축가, 디자이너 등 분야도 다양하다. 당장 이번 주 일요일에도 데이비드 즈위너에서 일을 시작하는 젊은 친구가 온다고 한다.

3. 직업 활동에서 가장 희열을 느끼는 순간은 언제인지? 반대로 가장 좌절했던 순간이 있다면?

평소 좋아하고 작품 전시를 꿈꾸던 갤러리의 디렉터나 큐레이터로부터 연락이 올 때 설레고 정말 기분이 좋다. 외부 전문가로부터 작품의 완성도나 작품성을 인정받는 느낌을 받기 때문이다. 내 작품이 판매되어 다른 사람들의 집에 걸려 있는 것을 보는 것도 정말 행복하고 뿌듯한 경험이다. 특히 최근에는 영국 런던에 위치한 자블루도비츠 컬렉션Zabludowicz Collection에 작품이 소장되는 영광을 갖기도 했다.

하지만 실상 가장 큰 희열을 느끼는 때는 나 자신이 다음 단계로 나아갔다고 느낄 때다. 새로운 색 조합을 발견할 때, 새로운 구도를 창작

할 때, 새로운 모티프를 발견할 때 뿌듯하다. 작가의 작품 활동은 다른 작가나 작품과 구별되는 뚜렷한 색채, 즉, 고유의 특이성 singularity을 만들어나가는 과정의 연속이다. 꾸준히 내면에 관심을 갖고, 계속해서 깊이 있게 바라보며 걷는 과정이라고 생각한다.

7년 전만 하더라도 새로운 자극과 트렌드에 민감하고 어떻게 하면 현대적이고 새로운 작품을 만들지를 고민했다. 하지만 요즘은 내 자신과 체스를 두듯 천천히 혼자 깊이 성찰한다. 작품 안에 한 획을 긋고 며칠에서 몇 주를 바라보고, 그 위에 또 다른 하나의 붓질을 한다. 그렇게 수백, 수천, 수만 시간 동안 화폭 안에서 나만이 할 수 있는 결정을 내리며, 나만의 색채를 캔버스에 쌓아 올려간다. 그 과정을 반복하다 보면 누가 봐도 이 화풍은 나, 김민구의 작품이라는 오리지널리티를 가질 수 있다.

학창 시절 가장 큰 고민은 다른 작가의 영향력으로부터 벗어나는 것이었다. 나는 자크 루이 다비드 Jacques Louis David, 피터르 코르넬리스 몬드리안 Pieter Cornelis Mondriaan, 요제프 알베르스 Josef Albers, 앙리 마티스 Henri Matisse, 리처드 디벤콘 Richard Diebenkorn, 피에르 보나르 Pierre Bonnard 등 색감과 구도가 탄탄한 화가들을 관심 깊게 공부해 왔다. 그런 나를 보며 주변의 학교 동료와 선생님은 내가 그들의 그림자 안에서 작품 활동을 하는 것에 비판적이었고 진심 어린 우려를 건네기도 했다. 나 또한 언젠가는 그들의 영향에서 벗어나서 나만의 독창적인 색감과 느낌을 창조하는 것을 진심으로 원했다. 그리고 최근에는 드디어 조금씩 나만의 화법과 느낌이 나는 것 같아서 정말 뿌듯하고 작업이 재미있다.

그런 의미에서 좌절했던 순간은 작품을 의무감에 공장에서 찍어내듯 만들었을 때다. S.E.P. 시리즈 일환으로 수평선Horizon 시리즈를 만든 적이 있다. 최초에는 다양한 색채 조합과 단순한 패턴이 반복되지만, 결국 수양적 성격의 순수한 추상을 시도하기 위함이었다. 그런데 이 시리즈가 인기가 좋아 너무 잘 팔리면서부터 문제가 시작되었다.

　몰려드는 주문 물량을 맞추기 위해 의무감에 작품을 만들게 되니 더 이상 즐겁지 않았다. 이전에는 스튜디오에 오는 것이 나만의 세계로 여행을 가는 마음이었는데, 의무감으로 시리즈를 생산해 내면서부터는 끌려오는 기분마저 들었다. 수행의 성격이 강한 작품이라 한 작품당 수백 번의 붓질이 필요한 까닭에 어깨도 아팠고, 성격도 비관적으로 변해갔다. 어느 날 친구가 스튜디오에 와서 내 작업을 보더니, 예전 작품들과 달리 영혼이 없어 보인다는 이야기도 했었다. 그런 말을 듣고 나니 작업 활동이 더 싫어졌고, 색상 조합도 식상해지는 느낌마저 들었다.

　신기한 것은 작품을 사는 사람에게도 작가의 이런 생각이 전해진다는 것이다. 억지로 작업하면 반응이 바로 온다. 사람의 마음은 속일 수 없다. 하지만 이런 시기가 지나고 다시 요새는 재미있게 작업하고 있다. 그러니 작품도 정말 잘 팔리고, 이것이 원동력이 되어 더 열심히 하게 된다. 한층 더 성숙한 작가로 걸어가는 중이라고 생각한다. 그러니 억지로 작업하며 좌절하는 시기가 다시 오지 않도록 나를 잘 다스리는 것이 내가 할 일이다.

4. 삶에서 소중한 가치관은 무엇인가? 본인의 직업을 통해 원하는 삶을 살아가고 있다고 보는가?

내 삶의 가치관은 근면함과 성실함이다. 이는 삶의 태도이기도 해서, 그만큼 이를 지키고자 자신을 채찍질하는 경우도 많았다. 근면과 성실을 조금 더 내 방식대로 풀자면, 성실이란 하기 싫은 일을 해내는 것, 근면이란 싫은 일이라도 해내는 과정을 즐기는 것이다. 이 두 가치가 내 작품뿐만 아니라 현재의 나를 있게 한 원동력이다. 앞으로도 작가로서 성공을 거두기 위해서는 이 가치관을 계속해서 유지하고 지켜야 한다고 생각한다.

나는 지난 2008년부터 현재까지 16년 동안 줄곧 작가의 꿈을 키워왔다. 매일같이 스스로 작가가 될 수 있다고 생각하면서, 아무리 힘들고 가끔은 내 자신에게 의심이 들어도 꾸준히 작품 활동을 했고 어떻게 더 발전할 수 있을지를 고민했다. 특히 지난 몇 년 동안은 거의 매일 작업실에 나가 가장 많은 시간을 쏟으며 페인팅에 전념해 왔다.

그런 의미에서 작가로서 중시하는 가치관은 바로 진정성이다. 작가에게 진정성이란, 작품에 자신의 신념과 메시지를 진솔하게 표현해 내고, 그 길을 꾸준히 걷는 것이다. 물론 처음에는 대부분 자신만의 가치관이나 메시지가 없거나 있더라도 이를 표현하는 것이 어색할 수 있다. 또 하늘 아래 새로운 것은 없다고 아무리 내 가치관과 메시지를 표현하더라도 다른 사람들 눈에는 다른 작가의 작품을 베껴내는 시도로 보일 가능성도 높다. 실제 많은 작가들이 자기만의 스타일을 찾는 과정에서 자신이 좋아하는 작가나 작품 스타일을 모방하기도 한다.

내가 좋아하는 작가인 조지 콘도도 그런 작가 중 한 명이다. 그는 피카소의 팬이었는데, 그래서인지 작업 초창기에는 피카소 작품으로 부터 많은 영향을 받은 것 같은 작품 스타일을 보여줬다. 하지만 지금 은 누가 보더라도 자신의 작품이라는 것을 알아챌 수 있게 자기만의 오리지널리티를 찾았다. 즉 진정성을 위해서는 자신의 가치관과 메시 지가 무엇인지 스스로를 솔직하게 들여다봐야 하며, 이를 꾸준하게 작품에 표현하겠다는 의지와 자세가 필요하다.

프랜시스 베이컨Francis Bacon도 내가 존경하는 작가 중 한 명이다. 그의 작품은 섬세한 감정선의 표현이나 색채와 구도 등도 훌륭하지만 무엇보다 자신을 믿고 내딛는 붓 터치에서 위대함이 느껴진다. 한 번 의 붓 터치로 수십, 수백 시간을 투자한 작품이 망가질 수 있기 때문 에 작가에게는 붓 터치 하나하나가 조심스럽다. 때로는 우연하게 그 은 붓 터치도 멋있을 수 있지만, 훌륭한 작가일수록 우연에 기대지 않 고 의도했을 확률이 높다. 베이컨의 작품에서는 그가 셀 수 없는 시도 와 경험을 통해 의도한, 과감한 붓 터치가 느껴진다. 그렇기 때문에 그 의 대범함, 자신에 대한 신뢰, 그리고 무엇보다 혼신을 다한 노력 등이 함께 담겨 있다. 이런 붓 터치 하나하나가 모여서 자신의 시그니처가 되는 것이다.

나 역시 계속해서 진정 어린 시도와 노력을 통해 나만의 시그니처 를 어떻게 만들어나가야 할지 끊임없이 고민하고 있다. 다행히 이제 는 나만의 오리지널리티를 형성하는 시각적 요소visual vocabulary들이 어느 정도 정립되어간다고 느낀다. 특히 감사하게도 S.E.P. 시리즈의 경우 내 작품임을 알아보는 사람들이 조금씩 생겨나고 있다.

나는 성격상으로도 작가의 길이 적합하다는 생각이 든다. 그런 점에서 일찌감치 작가의 길을 걸을 수 있었던 것이 감사하고 또 다행이다. 앞으로도 더욱 성숙하고 깊이 있는 작품을 통해 작가로 멋지게 성장하고 싶다.

5. 수많은 도시 중 뉴욕을 활동 무대로 삼게 된 계기는 무엇이며, 뉴욕 '아트 신'만의 장점은 무엇이라고 생각하는가?

아트스트에게는 영감과 자극이 중요한데, 그런 의미에서 뉴욕은 모든 면모에서 런던, 파리, LA 등 여타 미술 허브에 비해 가장 큰 영감과 자극을 주는 도시다. 매달 열리는 훌륭한 전시와 세계적인 미술관에서 개최되는 역사적인 전시를 보며 크고 작은 자극을 받는다. 많은 아티스트와 미술시장 구성원이 뉴욕에 살고 있는데, 이들과의 직접적인 교류는 그 어떤 교육보다 소중한 경험이다. 또 이들 덕분에 뉴욕 미술시장은 세계 미술시장의 트렌드를 선도하는 곳이 된다.

뉴욕, LA, 런던이나 파리 모두 큰 미술시장이자 허브이지만, 뉴욕에서는 한 주에 약 100개 이상의 전시 오프닝이 이뤄진다. 그만큼 갤러리나 아트 종사자의 밀집도에서도 독보적이다. 갤러리에 전시되는 다른 작가들의 작품을 꾸준히 보는 것도 작품 활동에 큰 도움이 되는데, 이렇게 갤러리의 수가 많을수록 영감과 자극을 받을 수 있는 기회가 많아진다.

나만 하더라도, 지난주 목요일 페로탕에 다니엘 아샴 Daniel Arsham 의 전시를 보러 다녀왔다. 작업을 마무리하던 중 친구에게 전시 마지

막 날이니 가보자는 연락을 받고, 계획에도 없던 전시회를 가게 되었다. 그가 작품에 대한 비전을 실현시키기 위해 쏟은 열정과 이를 실제로 실현해 낸 퀄리티 높은 작업 결과 등을 보며 많은 영감을 받았다. 또 전시회에서 지인들을 만나 작품이나 각자의 근황에 대해 이야기하다 보면 이 도시가 주는 에너지를 받고 돌아온다.

이렇듯 뉴욕에서는 이곳에 사는 다양한 개성 있는 사람들을 통해서도 영감을 받는다. 어느 늦은 밤, 집으로 가기 위해 브루클린으로 가는 지하철을 탔다. 맞은편에는 회사원으로 추정되는 어느 백인 남자가 회색 양복을 깔끔하게 차려입고 앉아 있었고, 그 오른쪽 옆에는 핑크 망사 스타킹을 입은 흑인 여성, 또 그 왼쪽에는 유독 노출이 많아 눈 둘 곳 없는 옷차림의 드레그 퀸drag queen이 앉아 있었다. 뉴욕의 다양성에 대해 더 이상 설명이 필요 없는 장면이었다.

동시에 그 장면에서 느껴지는 색상 조합color juxtaposition이 재미있었다. 은회색, 핑크와 갈색은 묘하게 잘 어울렸고, 언젠가는 작품에 시도해 보고 싶다는 생각이 들었다. 이렇듯 뉴욕에 사는 것만으로도 숨 쉬듯 자연스럽게 영감을 얻을 수 있다. 대학원 시절 통학할 때는 길거리나 교통수단에서 마주하는 색상 배치도 많이 기록했고, 이런 색상을 시적으로 적어보기도 했다. 이런 기록은 무의식 속에서 작업에 영향을 주기도 하고, 가끔은 노트를 직접 들춰보며 자극을 받기도 한다.

앞서 말했듯 뉴욕 미술시장은 세계 미술시장의 트렌드를 만들고 이끈다. 뉴욕 미술시장에서 작품성을 인정받은 아티스트는 자연스럽게 뉴욕의 갤러리나 컬렉터뿐만 아니라 전 세계의 갤러리와 컬렉터의 관심을 받게 된다. 그만큼 뉴욕은 트렌드에 민감한 도시다.

특히 요새는 한국계 작가들의 성장이 피부로 느껴진다. 이스트빌리지East Village에 위치한 하프 갤러리Half Gallery 는 트렌디한 갤러리로 명성이 높은데, 이곳의 갤러리스트인 빌 파워스Bill Powers 역시 유명인이다. 그는 15년간 《뉴욕타임스New York Times》에 칼럼을 기고하다가 아트 딜러로 최근 미술시장에 발을 들였다. 이후 갤러리를 차린 그는 아트 딜러로도 활동하며 미술시장의 트렌드를 분석하고, 동시에 이끄는 사람이다. 그만큼 트렌드에 민감할 수밖에 없는 이 갤러리에서 지난 5월 전시 공간인 두 곳 모두를 한국계 여성인 영 이Young Lee와 진정JIN JEONG 두 작가가 채웠다. 현재에도 한인 작가의 전시가 진행 중이다. 아마도 빌 파워스는 한국 고객들의 자본력과 더불어 한국이라는 국가가 갖는 문화적 파급력을 읽었던 것이 아닌가 싶다.

6. 10년 뒤의 나는 어디에서 어떤 비전을 이루고 있을까?

작품 사진 전문 작가인 다리오 라자니Dario Lasagni가 내 최신 작품 사진을 찍으러 스튜디오에 왔었다. 홍콩에서의 첫 개인전 출품작을 촬영하기 위한 것이었는데, 그때 "20년 안에는 거고지언에서 내 작품을 찍게 될 거다"라고 농담 반 진담 반으로 이야기했다. 그런데 그가 진심 어린 표정과 어투로 "그렇게 될 거라고 믿는다I do believe that"고 말해주는 것이 아닌가. 정말이지 힘이 났다. 나는 상업적으로도 인정을 받아 당대 최고의 딜러들과 함께 일하고 싶은 꿈이 있다.

물론 메이저 갤러리 소속 작가가 된다고 해서 반드시 훌륭한 작가라는 것은 아니고, 메이저 갤러리에 소속되지 않았다고 해서 훌륭하지 않은 작가라는 것도 아니다. 하지만 동시대의 미술시장 및 그 구성원에게 내 작품을 인정받고 상업적인 성공을 보장받는다는 것은 많은 작가들의 희망 사항이다. 이는 경제적으로 안정적인 기반이 마련되어야 작가로서의 비전을 조금 더 자유롭게 추구할 수 있기 때문이기도 하다.

내 경험상 경제적으로 안정적이지 않은 상황은 때로는 작품 활동을 위한 동기부여가 되기도 하지만, 나이가 들수록 심리적이나 정신적인 안정감이 더욱 중요하다고 느낀다. 멀리 보고 오랫동안 멋진 작품 활동을 하려면, 경제적인 안정감에서 나오는 정신 건강이 중요한 듯하다. 그런 점에서 10년 뒤쯤에는 메이저 갤러리에 소속되어 있었으면 한다. 나아가 학창 시절부터 꿈꾸던 휘트니 비엔날레Whitney Biennial, 베니스 비엔날레Venice Biennale, 뉴뮤지엄 트라이에니얼New Museum Triennial 등에도 출품하고 싶다. 그때까지 내가 추구하고자 하는 생각과 느낌을 화폭에 담을 수 있도록 스스로 용기와 열정이 식지 않았으면 한다.

작업 활동 면에서는 더 다양한 미디엄을 다루고 활동 영역 또한 넓힐 계획이다. 설치 작품과 조각 작품 활동도 계속하고 싶고, 프린트 작업을 통해 다양한 시도를 거치고 싶다. 그렇게 작품 포트폴리오의 저변을 넓혀가고 싶다. 동시에 해오던 작품 활동을 묵묵하게 이어가고 싶다는 바람도 있다. 지금까지는 피카소처럼 다양한 화풍을 선보이고 끊임없이 새로운 미를 탐구하는 작가를 따르고 존경했지만, 요즘은 스탠리 휘트니Stanley Whitney처럼 30~40년 동안 꾸준하게 일정한 작품을 만드는 작가에 경이로움과 존경심이 든다.

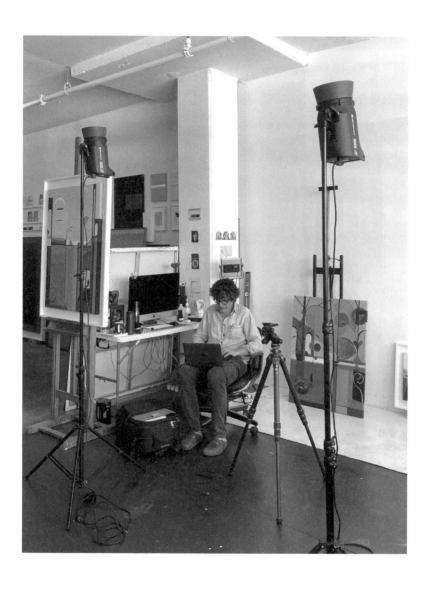

거고지언에서의 꿈을 응원해준 다리오 라자니

한편 영화, 브랜드, 무용 등 영역을 넘어서는 컬래버레이션도 하고 싶다. 2017년에는 프랑스 패션 브랜드인 산드로Sandro와의 협업을 통해 페인팅과 산드로의 F/W 컬렉션을 함께 소개하는 팝업 전시 및 이벤트를 뉴욕에서 주최했다. 최근에는 미국에서 활동하는 한인 발레리나와 협연도 했으며, 현재는 영국에 있는 작곡가와도 프로젝트를 진행하고 있다. 다른 분야의 예술가와 동일한 주제로 협업하며 함께 표현하고 풀어내는 과정이 즐겁다.

그런 점에서 미국 화가이자 영화감독인 줄리언 슈나벨을 존경한다. 그가 감독한 영화 중 〈더 다이빙 벨 앤 더 버터플라이The Diving Bell and The Butterfly〉라는 작품은 한쪽 눈 말고는 모두 마비된 사람의 얼마 남지 않은 인생에 대한 이야기다. 비록 사지 육신은 자유롭지 않아 천천히 죽음을 향해 가지만, 그 안의 '나비'처럼 자유롭게 날아다니는 영혼 그 자체를 찬미하는 내용의 영화다. 이 영화를 보며 작품에 대한 자극을 받기도 했지만, 동시에 슈나벨이라는 감독을 통해 앞으로 내 삶의 방향성에 대한 영감도 크게 받았다. 죽기 전에는 영화도 만들어보고 싶다.

7. 미술시장, 특히 뉴욕 미술시장으로의 진입을 꿈꾸는 이들에게 해주고 싶은 말이 있다면?

"소년이여, 꿈을 크게 가져라Boys, be ambitious." 미국으로 이민 오기 전, 영어 공부를 할 때 나에게 큰 자극을 주던 한 문장이다. 큰 무대를 향한 꿈을 갖고 매일같이 열심히 하다 보면 더 나은 나를 만나게 되는 것 같다. 물론 큰 꿈을 이루기 위한 노력에는 헌신과 아픔도 함께 찾아오기 마련이다. 특히 나이가 어릴수록 본인에 대한 욕심과 기대가 높아 스스로를 괴롭히기도 한다. 모두 내가 경험한 이야기이기도 하다.

그래서 나는 지난 몇 년간 스스로에 대한 욕심과 기대를 조금은 내려놓되, 목표하는 지점과 꿈을 향해 최대한 즐기면서 나아가려고 노력하고 있다. 내가 원하는 작품을 만들고 내가 영감을 받는 사람들과 교류하며 순수한 목적을 갖는 것이 중요하다고 생각한다. 작가에게 순수한 목적이란, 내가 만들 수 있는 가장 멋지고 가장 나다운 작품을 만드는 것이다.

포기하고 싶은 마음이 들 때는 조금은 쉬며 천천히 가는 것도 중요하다. 운동도 하고 산책도 하고 다른 전시를 보면서 자신이 할 수 있는 것과 없는 것을 잘 파악하고 이를 받아들이면 마음이 편해진다. 그러면 좋은 작품도 자연스레 꾸준히 나올 확률이 높아질 것이다. "소년이여, 과정을 즐겨라Boys, believe in the process!"

지속 가능한 나만의 속도를 찾아서

큐레이터 및 아파트 갤러리스트 전영
@ Iron Velvet

인터뷰에 앞서

일 끝나고 들른 어느 늦은 저녁 자리. 그 자리에서 어느 갤러리스트
와 미술 스타트업 관계자가 열띤 논의를 하고 있었다. 젊은 작가들의
지속 가능한 작업활동을 위해서 미술시장이 어느 정도 개입할 수 있
는지, 무엇보다 개입하는 것은 실제로 젊은 작가들의 성장과 삶에 도
움이 될지에 대한 논의였다.

둘의 대화는 마치 창과 방패 같았다. 미술 스타트업 관계자는 작가
들의 대다수가 생업과 무관한 분야에서 파트타임을 뛰며 생계를 유지
해야 하는 현실상 작가들이 충분한 작품활동을 하지 못하고, 그럴수
록 인정 받는 기회가 줄어드는 악순환이 계속되니, 궁극적으로 작가
들이 경제적으로 자립할 수 있는 기반을 마련할 수 있도록 잘 알려지
지 않은 신진 작가들과 불특정 미술 소비자들을 이어줄 수 있는 커뮤
니티를 구상하고 있었다. 이에 반해 갤러리스트는 비영리 기관이 아
닌 이상 공익적인 가치로 기업이나 시장이 운영되는 데에는 한계가
있다는 생각이었다. 둘 모두 맞고 둘 모두 틀렸다고 생각했다. 그 둘
모두 각자의 경험에서 최선의 이야기를 해주고 있다는 것을 믿지만,

상황의 본질은 아무도 알 수 없으니 미술 스타트업 관계자가 뚝심 있게 그의 프로젝트를 이어 갔으면 좋겠다는 생각이었다.

창과 방패 같은, 하지만 서로에 대한 애정이 서려 있는 이야기를 듣는 내내 생각 나는 이가 있었으니, 그 이름은 전영! 아트 디렉터이자, 큐레이터, 교육자, 갤러리스트 등 많은 직함을 가지고 있지만, 그 무언가 하나로 규정 짓기 어려운 사람이다.

전영 큐레이터를 알게 될 무렵 그는 코로나 시기에 공실률이 높아진 뉴욕의 건물주들과 과거만큼이나 활발하게 전시회를 열 수 없는 젊은 작가들을 이어주는 공익 사업을 하고 있었다. 건물주는 자신의 건물에 생기를 불어 넣는 좋은 기회를 가질 수 있었고, 작가들은 전시의 기회를 얻는 똑똑한 아이디어였다. 전영 큐레이터와의 만남이 잦아지고 대화가 깊어질수록 그가 아이디어뱅크라는 것을 알 수 있었다. 그는 젊은 한국 작가들을 뉴욕과 미국 시장에 연결해 소개할 기회를 제공할 수 있을지를 생각했다.

여담이지만, 나는 항상 르네 마그리트René Magritte의 팬이었다. 마그리트의 그림은 은밀하거나 교묘하게 자신의 그림에 위트나 의도를 숨겨 놓은 고야나 렘브란트와는 달리 그림 그 자체나 작품 제목에서 위트가 드러나는 경우가 많다. 작가의 의도나 작업 배경을 알지 못하더라도 작품 자체를 즐길 수 있다는 것은 작품이 작가와 독립하여 존재할 수 있다는 뜻이기도 하다. 이에 반해 근래의 많은 작가들은 개념 미술에 기반해 있고, 그러한 작품들의 경우 작가의 의도를 알지 못하거나 작품에 대한 설명 없이는 독립적으로 존재하기 어렵다. 현대미술관에 갔을 때에 마주하는 당혹스러움을 떠올리면 된다. 이에 반해 나는 아직까지 작품 의도나 설명 없이도 직관적으로 느껴지는 조형미가 중요하고, 조형미가 내 눈에 들어왔을 때에 어느 작가가 어느 의도로 이러한 작품 활동을 했는지 작품 설명을 관심 있게 찾아보는 경우가 대부분이다.

그런데, 전영 큐레이터의 아파트 갤러리를 방문한 후 신기한 경험을 했다. 작가들이 예술 활동을 하는 이유, 그리고 예술 활동은 왜 사회적으로 필요하고 존중 받아야 하는지에 대한 본질적인 고민을 해보게 된 것이다. 그가 운영하는 아파트먼트 갤러리인 아이언 벨벳Iron Velvet에는 대체로 실험적인 작품들이 들어선다. 작품이라고 알려주기 때문에 작품인 것을 알 수 있는 경우도 허다했다. 이들의 작품은 자신이 속한 집단, 사회의 담론을 가능한 위트 있고 자연스럽게 전달하는 노력의 산물이었다.

1. 본인의 직업을 간략하게 소개해 달라.

뉴욕 로어이스트사이드에 위치한 '스페이스 776' 갤러리의 부디렉
터이자, 어퍼이스트사이드에 위치한 아파트 갤러리 아이언 벨벳을 운
영하고 있는 10년차 뉴요커 전영이다.＊

2. 현재의 직업을 선택하게 된 계기는?

내가 태어난 전주는 전통 예술이 매우 발전된 곳이었다. 그림 그리
기를 워낙 좋아했던 터라 초등학교 때 방과 후 활동으로 한국화를 했
었는데 주변 선생님을 비롯한 어른들의 칭찬이 자자했다. 그때부터
먹과 화선지에 푹 빠지게 되었고, 그렇게 그림을 그릴 때 가장 행복하
다고 느껴 자연스럽게 예고와 미대에 진학했다. 대학에서도 한국화를
전공해 정종미, 이숙자 교수님과 같은 한국 채색화의 근간이 되는 대

＊　2023년 11월 현재는 스페이스776 갤러리 업무를 내려놓고 아이언 벨벳 아트 에이전시 운영에 집중하
　고 있다.

가들로부터 수업을 들을 수 있었다.

대학 졸업 후에는 한국화의 재료적 물성에 대한 연구나 작업을 하고 싶은 마음도 있었지만, 기획자, 즉 큐레이터에 대한 관심이 컸다. 예고 재학 시절 다양한 분야에서 활동하는 실무자들과 만나 대화할 기회가 많았는데, 그때부터 그 길에 대한 꿈을 가지게 되었다. 대학 졸업 후에는 성곡미술관의 큐레토리얼팀과 송은아트스페이스 전시기획팀에서 일했다. 미술관에서 일을 하는 동안 현대 미술시장의 중심이라는 뉴욕에서 미술을 더 배우고 경험해야겠다는 목표가 더욱 뚜려해졌다. 결국 2013년에 뉴욕 프랫 인스티튜트 대학원에 진학했다. 이때 예술문화경영Art and Cultural Management을 전공했는데, 당시 이 전공을 선택한 이유는 미술관이나 대안 공간 같은 비영리 예술기관이나 구조의 운영에 집중된 프로그램이었기 때문이었다. 그렇게 졸업 후 뉴욕의 영리 및 비영리 예술기관에서 경력을 쌓으며 뉴욕의 '아트 신'에 대한 감각을 쌓았다. 동시에 뉴욕에서 마이너리티로 살아남기 위한 방법을 끊임없이 고민하기도 했다.

뉴욕에서 마이너리티로 살아남는 방법 중 하나는 나만이 할 수 있는 일과 역할이 무엇일지 고민하고 찾아보는 것이다. 그런 고민 끝에 2018년에는 개인 프로젝트를 시작해 보기로 했다. 프로젝트는 현대미술이 난해하고 때에 따라 불편하기까지 하다던 한 친구의 인식이 발단이 되었다. 그렇게 친구를 데리고, 더 정확한 표현으로는 끌고 가서 뉴욕에 위치한 한 작가 스튜디오에 함께 방문하게 되었다. 친구는 작가와 대화를 나누고 작업 과정을 직접 확인하며 큰 감명을 받았고, 현대 미술에 대해 관심을 갖게 되는 것을 보며 일반 사람들과 작가를 이

'스페이스 776' 갤러리에서 개인전을 진행한 김호정 작가와 함께

어주면 좋겠다는 생각을 하게 되었다.

그렇게 탄생한 프로젝트는 함께 영감받는 순간을 캐치하고 싶다는 의미에서 COMO Co-inspired Moment라고 이름 지었다. 뉴욕 맨해튼에 위치한 공유 오피스 입주사를 대상으로 뉴욕에 기반한 작가들의 스튜디오를 방문했고, 작가가 리드하는 워크숍을 시작했다. 인종과 성별뿐만 아니라 회화 및 조각 등의 분야에서도 되도록 작가군을 다양하게 구성해 예술에 큰 관심이 없던 일반 사람들도 쉽게 즐기고 경험할 수 있는 프로그램을 연구했다. 1년 반 정도의 테스트 베드 test bed 기간을 통해 사업 모델은 점차 자리를 잡아가던 중이었다. 그런데 갑작스럽게 터진 코로나19로 공유 오피스 이용객들이 줄며 자연스럽게 잠정 중단하게 되었다.

그렇게 코로나19를 거쳐 뉴노멀의 시대로 접어들던 2021년 가을, 새 보금자리를 알아보던 중 우연히 어퍼이스트사이드에 위치한 지금의 아파트를 찾게 되었다. 작은 원룸이지만 층이 구분된, 알코브 alcove 공간이 매력적인 구조라 전시공간으로 충분히 실험해볼 수 있겠다는 생각이 들었다. 특히 당시 뉴욕은 팬데믹에 더불어 아시안 혐오 범죄가 기승을 부리던 때라 나를 비롯한 아시아 이민자들은 가중된 불안감에 집이란 무엇일까에 대해 생각이 많아진 시기이기도 했다. 집이라는 전시 공간을 빌어, 뉴욕이라는 도시에서 살아가는 것에 대한 사유를 전시로서 시각화해 보고 싶었다.

역사적인 아트 딜러인 레오 카스텔리도 1950년대에 자신의 아파트

• 알코브(alcove)란 방 한쪽에 설치한 오목한(凹) 장소에 침대, 책상, 책장 등을 놓고 침실, 서재, 서고 등의 반독립적 소공간으로 사용하는 공간을 말한다.

거실을 전시실 삼아 재스퍼 존스Jasper Johns나 로버트 라우션버그Robert Rauschenberg의 초기 작품을 전시하지 않았던가. 나도 가장 사적인 '집'이라는 장소를 예술과 문화의 공간으로 오픈해서 집의 기능과 의미를 확장해 보기로 했다. 그렇게 어퍼이스트사이드에서 '아이언 벨벳'이라는 이름의 아파트 갤러리 운영을 시작했다. 이름은 '부드러운 벨벳 장갑 속의 단단한 금속 손Iron hand in a velvet glove'이라는 '외유내강'의 의미를 담아 상반된 두 단어로 만들었다. 뉴욕의 주류인 백인 남성 작가가 아닌, 유색인종이나 여성 작가 중에서 단단한 내면의 이야기를 가진 있는 이들을 소개하고 싶은 의도였다. 내가 가진 권한mandate 내에서 오늘날의 미술 담론을 담아내고, 동시에 나와 비전을 공유하는 아티스트와 큐레이터를 지원하기 위한 공간이기도 하다.

평범하기 이를 데 없는 원룸 공간은 심지어 부엌을 포함해도 16평 정도로 작지만, 그 전체를 전시 공간으로 개방해서 지난 2021년 12월 첫 전시를 시작했다. 그리고 2022년 7월까지 총 여섯 차례 장소 특정적site specific인 작업의 전시, 퍼포먼스, 워크샵 등을 진행해 왔다. 사실 조명과 동선이 중요한 전시공간으로서 집은 적합하지 않을 수 있지만 그 점을 오히려 역이용하고 싶었다. 화이트 큐브인 전통적인 전시공간 특유의 전시 문법을 따라가고 싶지 않았고, 집이라는 공간 자체가 온전히 작품이 되어 몰입되게 할 수 있는 장점이 있었다. 갤러리 버전의 스픽이지speakeasy 공간 같다는 이야기도 종종 들었다. 간판이 없어 아는 사람만 방문할 수 있어서 은밀한 사교의 장소로 사용되는 것을 두고 그렇게 얘기하는 것 같았다. 오프닝 리셉션날 이외에는 주로 인스타 DM이나 이메일로 예약을 통해 방문할 수 있다.

또한, 따로 공간을 임대하지 않고 전시 기획자인 내 자신이 살고 있는 공간을 전시장으로 사용한 만큼 운영에 큰 비용이 필요하지 않았기에 더 실험적이고 자유로운 프로그램을 시도해볼 수 있었다. 그만큼 작품의 상업성과 타협하지 않아도 되었고 작품이 많이 팔리지 않아도 운영에 큰 부담이 없었다.

미술 전시에 있어 언제나 기획력과 메세지가 핵심이지만 어느 기관에 속해 있느냐에 따라 목표가 달라진다. 미술관에서 일할 때 일단 관람객 수가 중요했고, 갤러리에서 일할 때에는 판매되는 작품 수에 집중했다. 그런데, 아이언 벨벳은 갤러리임에도 불구하고 사실 미술 업계 사람들인 갤러리스트, 디렉터나 큐레이터들이 이 곳을 많이 알게 되어 작가들을 성장시킬 수 있는 발판으로 활용되길 바랐다. 이 곳에서 전시하는 작가들은 모두 신인이기에 그 다음 전시로 이어질 가능성을 만드는 것이 무엇보다 중요했기 때문이다. 실제로 아이언 벨벳에서 전시한 작가들이 이곳에서 다음 전시로 이어질 수 있는 바탕을 마련하거나, 관계자들로부터 크리틱을 받거나 하는 등 보다 더 밀접한 만남으로 연결되는 경우들이 많아 개인적으로 뿌듯했다.

3. 직업 활동에서 가장 희열을 느끼는 순간은 언제인지? 반대로 가장 좌절했던 순간이 있다면?

작가가 작품을 통해 자신의 가치관과 메시지를 시각적으로 풀어낸다면, 큐레이터는 그 작품의 본질에 대해 집요하게 질문하고 대화하는 사람이다. 그리고 이를 통해 작가가 진정으로 담고자 했던 의도를 글과 전시로 풀어낸다. 그동안 많은 작가들을 만나 그들과의 대화를 나누며 그들의 작품관을 전시와 글로 풀어내는 일을 해왔다.

처음에는 일로 만난 사이답게 각자 무엇을 얻을지에 관한 형식적인 대화로 시작하지만, 인터뷰가 진행될수록 자신의 삶, 작업을 통해 녹여내는 지극히 사적인 이야기 등이 오가며 서로 깊이 있는 대화를 나누게 된다. 그러면 이내 작가를 이해하고 교감하면서 인간적으로 가까워지는 느낌을 받는다. 작가들이 영혼을 불어넣어 만들어내는 작업물을 마주할 때 작가의 힘과 열정이 전해지듯이, 작가와의 대화를 통해서도 에너지를 받고 삶의 영감을 얻는다. 자신의 삶과 일에 혼신을 쏟는 이들을 일터에서 만날 수 있다는 것은 특별한 일이고 또 축복이다.

큐레이터로서 작가와 관객을 잇는 전시를 열고, 관객의 반응을 바로 볼 수 있다는 것도 큰 기쁨이다. 어릴 적부터 전시 공간인 갤러리에 있을 때 편안하다고 느꼈는데, 그래서 그런지 현재 아파트 갤러리를 운영하는 것은 나에게 큰 행운이자 행복이다. 작가와의 공감대를 형성하는 것에서 나아가 전시를 보러 오는 많은 관객과도 감정을 교류할 수 있는 기회이기 때문이다.

관객 입장에서는 누군가의 사적인 공간에 방문해 작품을 관람한다는 것 자체가 마치 초대받은 듯 특별함과 친밀감을 동시에 느끼게 한다. 실제 거주 중인 '집'이라는 공간이 주는 편안함과 아담한 사이즈 덕에 관람객과 작가 사이, 그리고 관객들끼리의 사이가 더 가까워지기도 한다. 관객은 큐레이터의 방에서 차나 커피를 함께 마시기도 하고, 테이블 위에 놓인 책도 읽으면서 여유롭게 작가와 큐레이터와 함께 대화할 수 있다. 그래서인지 아파트 갤러리를 운영하면서 뉴욕이라는 도시에서 동시대를 함께 살아가는 사람들의 삶, 사고, 예술에 반영된 최근 사회적 흐름 등을 계속해서 고려하게 된다.

그렇게 이뤄진 첫 전시는 진 오Jean Oh라는 젊은 한국계 여성 추상화가였다. 아파트 갤러리에서 전시기획 회의를 함께했는데, 나는 장소에 특화된 작업을 제작해보자는 의견을 내었고, 작가 역시 알코브 창가에 적합한 작품을 구상하며 아이언 벨벳만을 위한 새로운 작품 작업에 적극적인 의견을 냈다. 그와는 이미 다른 기관들에서도 함께 전시한 이력이 있어서인지 손발이 척척 맞아 진행이 수월했다.

원룸의 알코브는 전시의 하이라이트이자 관객들 동선의 정착지로 변모했다. 알코브를 둘러싼 창문 공간에 한복에 쓰는 투명한 실크로 패치워크patchwork하고, 실로 스티칭해서 드로잉한 작품이 놓여졌다. 창문에는 커튼 형식으로 설치해 빛의 정도에 따라 드로잉이 뚜렷해지기도, 흐릿해지기도 하면서 밖과 안을 미세하게 투영하도록 했다. 사람들과의 관계에서 오가는 미묘하고 섬세한 감정 변화를 표현하고자 무엇인가를 기다리며 줄을 서 있는 사람들의 형태를 드로잉한 작품도 있었다.

벽을 장식한 추상 작품은 낙서 같이 캔버스에 칠하고, 자르고, 붙이는 실크 드로잉 작업과 연결되도록 했다. 또한 천과 솜을 이용해 반조각적 캔버스 작업 시리즈를 처음 전시하기도 했다. 그간 적지 않은 전시를 기획해 왔지만 또 새로운 경험이었다. 아파트 벽면과 조명을 이용한 아이디어를 서로 공유하며 프로젝트는 점차 발전되었고, 이 과정에서 묘한 감동을 느꼈다.

이후 이어진 전시는 세 명의 신진 큐레이터를 초대해서 각자 한 명씩 젊은 작가를 선보이는 프로그램이었다. 그중 빅토리아 호록스 Victoria Horrocks의 큐레이션으로 소피 코벨이라는 작가가 소개되었는데, 특히 주거 공간의 특성을 잘 활용한 장소 특정적 작품이 관객들로부터 큰 호응을 얻었다. 알코브 공간에 자리한 사무적인 책상 위에 그는 우리의 사고를 지배하는 이데올로기로서의 권력기관인 매스미디어와 그 시스템을 시각화했다. 특히 〈미국 리얼리티 래리 위너 유출 사건United States of America v. Reality Leigh WinnerLeaked〉이라는 작품에서는 2016년 미국 대통령 선거에 대한 러시아의 개입 정보 유출 사건을 다뤘다.

코벨은 위너 개인의 집에 있던 물건까지 재현해 갤러리 공간을 흡사 위너의 공간인 것처럼 재현했다. 여기에 관련 문서를 벽에 붙이거나 사건 기록과 판결문 등의 문서를 알코브 공간에 위치한 철제 책상 위에 가득 채웠다. MoMA나 휘트니미술관의 큐레이터, 갤러리스트, 아티스트, 컬렉터 등 다양한 관객들이 이 전시에 방문해서 작품에 주목하는 모습을 보니, 큐레이터로서도 직업적인 성취감이 느껴졌다.

반대로 좌절했던 순간은 간간히 떠오르긴 하지만 크게 연연하지 않는 편이라 그런지 특별히 기억나지 않는다. 성격상 빨리 잊는 편이라 그런지 몰라도 큐레이터로서 절망한 기억은 없다. 물론 뉴욕에서 일하는 외국인으로서 비자나 이사 문제가 정기적인 스트레스이기는 했다. 또 처음부터 미국에 정착할 생각이 아니었기 때문에 대학원 졸업 후 OPT 비자 기간 동안 이것저것 욕심내 경험해 보느라 업무량에 시달리기도 했다. 밤낮, 주말 없이 일했는데, 돌이켜 보면 뉴욕에서 살

미국 국가안전보장국의 문서를 유출한 내부 고발자 리얼리티 래리 위너의 사건을 시각화한 작품

아남기 위해 열심히 트레이닝한 시기였다. 또 감사하게도 비자 문제는 어떻게든 해결되었고, 이런 문제를 해결하는 과정에 만난 또 다른 사람들을 통해 새로운 기회가 이어지기도 했다.

졸업 후에는 직업을 찾고자 미술관을 비롯해 많은 기관에 지원했다. 그 과정에서 거절의 쓴맛을 많이도 봤지만, 그러는 중에도 새로운 기회와 연결 지점을 찾을 수 있었다. 2015년에는 MET 큐레토리얼 팀에서 일하는 친구를 통해 면접 기회를 얻어 지원했는데, 비록 해당 팀에 들어가지는 못했지만 당시 면접관인 큐레이터가 브루클린미술관의 아시안 아트 큐레토리얼팀에서 보조를 찾고 있다며 나를 추천했다. 어쩌면 나에게 더 잘 맞는 업무였고, 그렇게 합류해서 만족스럽게 일했다.

4. 삶에서 소중한 가치관은 무엇인가? 본인의 직업을 통해 원하는 삶을 살아가고 있다고 보는가?

지속 가능한 삶! 오랫동안 꾸준히 이 일을 하고 싶다. 작가들에게는 힘이 되고, 관객들에게는 새로운 경험을 선사하고 새로운 사고의 방식을 제시해 줄 수 있는 이 일이 참 좋다. 그래서 이 일을 가능한 오래 할 수 있는 방법을 꾸준히 모색하고 있다.

지속 가능한 업무를 위해서라도 트렌드를 좇아가기보다는 나만의 속도를 만들려 노력 중이다. 트렌드는 좇아가려는 순간 이미 늦은 것이라는 말처럼, 포모Fear Of Missing Out, FOMO라는 감정에 매몰되지 않으려고 노력한다. 뉴욕에서는 한 주만 해도 수많은 전시와 행사가 열리다 보니 모든 행사에 참여해 이것저것 알고 있어야 한다는 압박감을 갖기 쉽다. 이런 환경 가운데에서도 선택과 집중을 통해 가급적 중심을 잡고 휩쓸리지 않으려고 노력한다.

한편으로는 일반 전시 외에도 다양한 협업과 실험을 하며 오랫동안 좋아하는 일을 하려고 시도 중이다. 그중 예술과 기술의 접점에 대해 꾸준히 관심을 가져왔는데 2022년 여름, NFT 뉴욕NFT.NYC이라는 거대 행사 기간에 LA, 파리, 서울에서 활동하는 한국 NFT 작가들과 함께 '아이언 벨벳'에서 관련 워크숍을 진행했다. 각 작가들의 NFT 아트를 소개하고 각 도시에서 어떤 식으로 전개되고 있는지, 작가의 관점에서의 NFT 아트의 현주소를 짚어보고자 했다. 물론 NFT 아트는 이미 미술의 한 장르가 되었지만, 이와 같이 전통적 매체에서 벗어난 예술의 새로운 가능성에 대해서도 큰 관심을 가지고 있으며 지속적으로 소개하고 싶다.

또한 업스테이트 뉴욕에 위치한 아트 오마이Art Omi 레지던시 프로그램에 참여한 작가들과 협업을 통해 관계 예술, 관계 미학적 작업과 개념을 '아이언 벨벳'에서 소개하기도 했다. 제주도, 인도, 토고, 이집트 등 각국에서 온 국제 작가들과 함께한 그룹 전시였는데, '많은 사람들을 사랑하는 다양한 방법How to love many in many ways'이라는 제목으로 2022년 여름 한 달여간 진행했다.

큐레이터이자 미술비평가인 니콜라 부리오Nicolas Bourriaud가 만든 관계 예술이라는 개념은 예술이 권위적이거나 함부로 만질 수 없는 부담스러운 존재가 아니라, 일종의 매개체로서 사람들을 잇는 역할을 해야 한다는 의미다. 일반 회화나 조각처럼 관객이 감상하는 것에 머물지 않고 작가와 작품에 적극적으로 참여해야 작업이 완성된다. 이어 작가와 함께 대화하며 그림을 완성하거나 다른 관객들과 함께 몸을 맞대고 움직이며 게임을 하는 등 동적인 작업을 보여줄 수 있었다.

이처럼 '아이언 벨벳'이라는 플랫폼을 통해 나만의 속도로, 다양한 창작자들과 여러 시도를 하며 원하는 삶의 방향을 일구고 있다.

5. 수많은 도시 중 뉴욕을 활동 무대로 삼게 된 계기는 무엇이며, 뉴욕 '아트 신'만의 장점은 무엇이라고 생각하는가?

한국에서 예고 재학 시절에 큐레이팅으로 진로를 정한 후, 관련 서적들을 많이 찾아봤다. 그러면서 저자들 대부분이 뉴욕에서 공부했다는 사실을 알게 되었고, 반드시 대학원은 뉴욕으로 가야겠다는 결심을 했다. 대학원에 진학할 때만 해도 이렇게 오래 뉴욕에서 생활하게 될 줄은 미처 몰랐다. 뉴욕에서의 생활도 벌써 10년 차에 접어들었다.

뉴욕은 가장 치열한 도시 중 하나다. 뉴욕에서 태어난 것이 아닌 이상, 뉴욕 사람들 대부분은 공부가 되었든 일이 되었든 무엇인가를 이루기 위해 이곳에 온 것이고 그만큼 고군분투하며 삶을 꾸려가고 있었다. 재능 있고 목적의식이 투철한 사람들로 가득 차 있기 때문에, 나만이 할 수 있는 무엇인가를 만들지 않으면 오래 살아남기 힘든 곳이다.

그럼에도 쉽게 뉴욕을 떠나지 못하는 것은 뉴욕이라는 도시가 주는 기회가 양과 질의 면에서 다른 어느 도시와 비교할 수 없기 때문이다. 나 또한 대학원을 다닐 때만 하더라도 뉴욕에 정착할 생각이 없었다. 그래서 방학 기간은 말할 것도 없고 학기 중에도 최대한 많은 실무 기회를 쌓고자 인턴이나 파트타임을 끊임없이 이어갔다. 가장 오래된 아트페어 중 한 곳인 아모리쇼의 프로덕션팀, 블루미디엄Blue Medium이라는 아트 PR 회사 등에서 한국이었다면 쉽게 해보지 못했을 경험을 두루 했다. 졸업 후에도 아트 컨설팅 회사에서 큐레이터로, 앞서 말한 브루클린미술관의 아시아 부서에서 보조로 경험을 쌓았다. 뉴욕이 아니었다면 이처럼 다양하고 풍부한 기회를 찾기 어려웠을 것이다.

또한 뉴욕은 미술계의 상징적 인물들을 어렵지 않게 마주칠 수 있고 심지어는 함께 일할 수 있는 꿈 같은 곳이다. 뉴욕에서 갤러리 오프닝이나 아트페어에 가면 스타 큐레이터인 한스 울리히 오브리스트Hans Ulrich Obrist를 우연히, 그것도 꾸준하게 마주칠 수 있다. 이들은 만나는 것만으로도 삶의 큰 영감이 되기도 하는데, '아이언 벨벳' 역시 부엌에서 갤러리를 시작한 그에게서 영향을 받은 것이다. 그 외에도 뉴욕을 기반으로 활동하는 시린 네샤트Shirin Neshat나 알렉스 카츠 등 유명 작가들을 다양한 오프닝 자리에서 쉬이 만날 수도 있다. 미술사 책에서나 보고 읽었던 작가, 큐레이터, 비평가와 소통할 수 있고, 수많은 전시나 페어를 통해 폭넓은 경험을 얻을 수 있다는 점 때문이라도 뉴욕을 떠나기란 쉽지 않다.

또한 서울의 성곡미술관과 송은아트스페이스에서 일했던 경험 덕분에 전시 운영 측면에서 한국과 뉴욕 '아트 신'이 지닌 차이점을 느끼기도 했다. 뉴욕의 기관들은 전시를 꾸리는 사람과 작가의 입장 모두를 살피며 비교적 여유를 갖고 긴 타임라인하에 전시를 준비한다. 물론 한국도 긍정적으로 변했을 수 있지만 10년 전만 해도 매 전시가

전영 _ 지속 가능한 나만의 속도를 찾아서

257

타이트한 스케줄로 진행되어 오프닝에 앞서서는 야근이 잦았던 기억이다.

물론 아트페어의 경우는 뉴욕에서도 굵고 짧게 높은 강도의 업무가 이뤄지기는 한다. 하지만 비교적 충분한 리서치 기간과 꼼꼼한 계획하에 진행되기 때문에 며칠 밤을 연속으로 새우거나 예상치 못한 일들이 생기는 경우는 비교적 드물다. 팀원이 충분하지 않더라도 그때그때 보충하며 진행되는 편이라, 일손 부족으로 한 사람이 지나치게 많은 책임감을 떠맡는 경우도 흔치 않다. 물론 예술계는 타 분야와 비교해 매우 경쟁적이고 박봉이기에, 큰 열정과 사랑이 있지 않고서는 뉴욕에서도 오래도록 살아남기 쉽지 않다.

또 각 기관마다 문화가 다르겠지만 일반적으로 회식도 많지 않고 점심 식사도 각자의 공간에서 일하며 먹는 경우가 많다. 한국에서는 점심이면 팀원 모두 우르르 몰려가 함께 식사를 했는데 각자 업무 시간에 맞춰서 일하며 먹는 등 거의 식사 시간을 따로 갖지 않는 것에 놀랐다. 그래서 처음에는 동료 사이가 오피스를 공유하는 관계로만 유지되는 것 같아 어색하기도 했다. 기관마다 차이는 있지만 매우 자유로운 분위기이면서도, 동시에 매우 성과주의적이고 개인주의적이라는 것을 느낀다.

6. 10년 뒤의 나는 어디에서 어떤 비전을 이루고 있을까?

내 삶을 본질에 집중하는 예술로 채우고 싶다. 일단은 '아이언 벨벳'의 오프라인 및 온라인 공간을 공고히 하고, 이를 채우는 풍성한 프

2019년 제16회 AHL 재단 시상식Annual Benefit Gala & Awards Ceremony에서
큐레토리얼 펠로우십을 수상할 당시의 모습

로그램을 만들고 싶다. 특히 이곳을 단순한 갤러리가 아닌 예술계의 소셜 벤처와 같이 사회적 사명감을 갖는 예술계의 B코퍼레이션B Corp* 으로 만들고 싶다. 뉴욕에 기반을 둔 다양한 예술가들과 협업해 이들의 작품을 전시하는 것에서 나아가, 이들이 뉴욕에서 지속적으로 작품 활동을 할 수 있도록 다양한 사람들과 이어주는 플랫폼으로 만들고 싶다.

또 도시 생활보다는 고즈넉한 시골 생활을 좋아하는 사람으로서, '아이언 벨벳'의 온라인 플랫폼을 공고히 함으로써 언젠가는 장소적 제약에서 벗어나 세계 각지의 동료 작가들과 협업하는 것도 꿈꾼다.

7. 미술시장, 특히 뉴욕 미술시장으로의 진입을 꿈꾸는 이들에게 해주고 싶은 말이 있다면?

정보의 소스가 훨씬 다양하고 풍부해졌기 때문에, 10년 전 내가 처음 시작했던 시기에 비하면 더 수월하게 안착할 수 있는 것 같다. 그래도 한 가지 강조하고 싶은 것은 내면에 확장성을 가진 사람이 되라는 것이다. 내가 생각하는 내면의 확장성이란, 코어core인 핵심은 단단하지만 겉은 부드럽고 유연해서, 확실한 중심을 바탕으로 어디로든지 확장해 나갈 수 있는 상태다. 그런 상태를 유지해야 끊임없이 발전할 수 있는 것 같다.

아울러 문화예술계에서 일하며 '관계'의 중요성을 몸소 경험해 왔

---

* 공익을 목표로 운영하는 사기업에게 주어지는 인증

다. 오며 가며 마주치는 인연들에 항상 감사할 수 있기를 바란다. 어떤 때는 나와 관계하고 있는 사람들이 나를 규정짓는다는 것을 느낀다. 서울이든 뉴욕이든 미술업계 사람들은 모두 촘촘히 연결되어 있다. 그 누구든 미래의 친구, 동료, 클라이언트, 파트너가 될 수 있고, 이들로 새로운 기회가 생기거나 진행되던 일이 수포로 돌아가기도 한다. 미술계와 특별히 관계가 없어 보이는 것들도 모두 연결이 될 수 있다. 어떤 일들이 일어나는 이유와 그 이면을 살펴보고 그걸 어떻게 미술계 서비스로 전환시킬지, 어떤 가치 있고 의미 있는 일로 만들어 나갈 수 있을지 생각해보라.

뻔한 이야기일 수 있지만, 동시대 작가에 대해 많이 보고 읽으면서 자신만의 데이터베이스를 만들어 나가는 것도 중요하다. 현재 활동하는 작가들과 현장에서 어떤 일들이 벌어지고 있는지 항상 촉각을 세우기를 바란다. 그리고, 어디에 있든 미술계 안에서 다양한 역할과 모습을 직접 경험해보는 것이 좋다. 직접 경험해봐야 비로소 보이는 것들이 있다. 특히 나는 COMO 프로젝트를 진행하며, 일에는 책임감과 전문성도 필요하지만, 그만큼 빠른 의사결정이 중요하다는 것을 깨닫기도 했다.

만약 언어에 장벽을 느낀다면, 오히려 영어가 아닌 모국어를 장점으로 살리려고 노력하는 것도 중요하다. 나 또한 대학원 진학을 위해 뉴욕에 왔을 당시 언어 장벽을 느끼고는 했다. 아무래도 원어민만큼 영어를 편하게 구사할 수는 없어서 자꾸만 위축되었다. 그런데 당시 내 시야를 바꿔준 사람이 있었다. 바로 대학원 재학 중 인턴십을 했던 블루미디엄의 직속 상사였다. 그는 멕시코 출신으로 대학원의 같은

과 선배였는데, 모국어를 단점이 아닌 장점이자 하나의 더 특별한 능력으로 바라보라는 조언을 해줬다. 한국어는 불필요하게만 느껴지고 도리어 콤플렉스로 생각하던 때라, 내가 생각하는 약점이 실상 큰 강점이 될 수 있다는 사고의 전환을 이룰 수 있었다.

뉴욕 미술시장, 특히 각 플레이어들의 역학 관계에 대해 단기간에 이해도를 높이고 싶다면 아트 PR 회사에서 경험을 쌓는 것을 추천한다. 나 또한 PR 회사에서의 인턴십을 통해 뉴욕 미술계를 새로운 관점에서 이해할 수 있었다. 아트 아트 PR 회사라는 것 자체가 생소할 수 있는데, 설명하자면 이들의 고객은 미술관, 갤러리, 아트페어 등의 기관들이다. 이런 기관들의 콘셉트, 목적, 프로그램 등을 명확히 파악해 기자를 비롯한 다양한 매체를 상대로 해서 최적의 홍보를 돕는다. 인턴을 하며 갤러리나 기관이 각각 무엇을 점을 각자 중요하게 여기는지, 매체와는 어떤 관계를 맺고 싶어하는지, 각 매체별 성향은 무엇인지를 알 수 있었고 값진 경험이 되었다.

예술 단체는 비교적 작은 규모의 기관이나 사업체인 경우가 많아서 홍보가 중요하다. 그렇기 때문에 매체별 소통 대한 감각을 바탕으로, 본인만의 콘택트 리스트를 늘린다면, 뉴욕 미술시장에서 매우 큰 강점을 가질 수 있다.

보다 더 진실된 삶을 마주할 용기를 내며

"용감해져라. 위험을 감내하라. 경험을 대체할 수 있는 것은 아무 것도 없다Be brave. Take risks. Nothing can substitute experience."

파울로 코엘료의 말이다. 짧게나마 대학을 함께 다닌 친구가 있었다. 항상 꿈꾸는 듯한 이야기를 하는, 하지만 나에게는 영감을 주는 친구였다. 나와 함께 서울에서 1년 여 대학을 다닌 그 친구는 호주로 돌아가 대학을 졸업하던 해에 문득 나에게 엽서를 보냈는데, 그 엽서는 위의 파울로 코엘료 인용구로 시작했다. 위 문구는 한참 동안 내 페이스북 프로필을 장식했다. 이 문구를 실천하는 삶을 살려고 부단히 노력했다. 그랬던 탓인지 대학교 이후 한국에 붙어 있는 방학이 없었을 정도로 항상 어딘가에서 무엇이든 경험하기 바빴다.

그러던 중 회사원이 됐다. 더 이상 방학은 없었다. 새로운 취미가 생기기 시작했고, 기왕의 취미는 깊어지기 시작했다. 그중에서도 단연 미술에 대한 관심과 애착이 제일 컸다. 서울에서 사부작 사부작 미술 분야를 탐구하던 중 뉴욕에 갔다. 임유현 변호사님의 표현을 빌리자면 뉴욕은 미술의 질이나 양의 측면에서 폭발적인 곳이었다. 외부인에게도 열려 있어 1·2차 시장을 아우르는 다양한 미술관계자를 만나 친분을 쌓으며 깊이 대화할 기회가 많았다. 이들과 함께 보내는 시간과 대화가 차곡차곡 쌓일수록 보이는 것도 많아졌다. 그러나 무엇보다 내 마음에 울림을 준 것은 미술시장에 대한 이해도나 구성원 간의 역학 관계보다도 그들의 삶에 대한 관점이었다. 내가 만난 사람들은 하나같이 자신의 꿈과 욕망에 충실했고, 이를 위해서 위험을 감수하기도 했으며, 삶에 대한 태도가 열정적인 동시에 유연했다. 그럭저럭 만족스러운 현실이더라도 새로운 도전을 위해 위험을 감수하는 것을 마다하지 않았다. 그때 마침 위의 파울로 코엘료의 말이 떠올랐다. 그간의 나는 경험을 쌓는 데 치중했을 뿐, 용기를 내어 위험을 감수하는 선택을 해본 적이 있었던가 하는 생각도 들었다. 뭐든 연습이 필요하다. 이 책을 쓰게 된 것도 그런 연습 중의 하나였던 것 같다. 내 삶의 일부와 생각을 불특정 다수의 사람과 공유하는 데에는 용기가 필요했다. 그러한 연습이 하나둘 쌓여 내 꿈과 욕망에 보다 가까운 삶을 살아가는 계기가 되었으면 한다.

이 책을 준비하는 데에 도움을 준 모든 분들께 감사 인사를 전한다. 인터뷰 요청에 흔쾌히 응하여 자신의 일과 삶의 이야기를 진솔하게 들려준(지금은 모두 좋은 친구가 된) 박세윤 작가님을 비롯하여 이종원 갤러리스트님, 그레이스 노 디렉터님, 이지영 디렉터님, 임유현 변호사님, 김민구 작가님, 이지현 님, 전영 큐레이터님께 진심으로 감사하다.

또한, 뉴욕에서 직접 만두를 빚어 새해 떡국을 끓여주던 나의 좋은 대학 친구이자 주유엔 대한민국 대표부의 이현구 1등 서기관께도 감사 인사를 전한다. 바쁜 시간을 쪼개어 뉴욕에서 함께 인터뷰를 하고 원석과도 같은 인터뷰 내용을 어떻게 보석 같은 글로 다듬어 낼지 함께 고민하던 시간은 벌써 소중하고 행복한 추억으로 남았다.

무엇보다 어릴 적부터 항상 하고 싶은 것이 많았던 딸에게 크게 묻지도 따지지도 않고 물심양면 지원을 아끼지 않았던 부모님께 진심 어린 감사 인사를 전한다. 바쁜 척하느라 가족들을 잘 챙기지 못할 때에 항상 세심하게 가족을 챙겨준 남동생 현대림과 새 가족이 된 영주에게도 감사 인사를 전한다.

뉴욕, 회색의 삶이 풍요로워지는 곳

주유엔 대한민국 대표부 1등서기관 이현구

"예술이다!"

무엇인가 더없이 좋고 아름다워 어느 경지에 올랐다고 느끼는 감정을 흔히 '예술'이라는 단어로 손쉽게 포장하곤 한다. 감수성으로는 둘째가라면 서러울 MBTI 'ENFP형' 인간인 나에게, '예술적'이란 형용사는 최고의 극찬으로 다가온다.

고백하건대, 나는 늘 어딘가 예술을 닮은 삶을 살아가기를 꿈꿔왔다. 예술을 업으로 삼은 예술가들과, 예술 분야의 종사자들에게 이유 모를 동경을 느낀다. 그리고 제법 멋져 보이는 이들의 일상을 멋대로 상상해보기도 한다. 진로 선택을 예체능 분야로 했다면 좀 더 예술적인, 예술가의 향기가 나는 삶을 살 수 있었을까? 모두가 가지 않은 길을 꿈꾸지만, 인생이 언제 맘대로 되나. 어디서부터 잘못 들어섰는지,

꽤 긴 시간 동안 예술과는 거리가 먼 노선의 인생길을 굽이굽이 돌며 나름대로 고행하고 있는 현생에서 예술은 사치요, 뭐라고 설명하기조차 어려운 생소한 개념이다. "미술관을 좋아해요.", "미술 작품 보는 것을 좋아해요."라는 말을 누군가에게 자신있게 하고 그 후에 매끄럽게 대화가 이어지려면 어느 정도 예술에 대한 조예가 있어야 할 것 같기에, 솔직한 내 마음인데도 말을 꺼내기 조금 망설여지기도 한다.

그래도 난 여전히 이름 모를 작가들의 미술 작품을 보고, 음악을 들으며 사회에 찌들고 지쳐버린 나를 동기화한다. 벽지 산간 지역을 운전할 때 틀어놓은 라디오처럼 주파수가 대체로 잘 맞지 않고 지직거리는 간헐적 교감 수준이지만, 어쩌다 작가들의 의도가 조금이라도 전달되어 공감될 때, 작품을 매개로 아무개의 이야기가 선명하게 들려오는 신비한 경험, 말없이 누군가 나의 마음을 어루만져 위로해주는 것만 같은 가슴 찡한 착각은 이 과정에서 얻을 수 있는 나만을 위한 특상이다.

2021년, 나는 모두의 삶을 까맣게 태워 재로 만들어버린 코로나19 팬데믹 기간 중 뉴욕 맨하탄 한복판에 도착했다. 일터도, 연애도, 가족도, 친구들도 서울에, 훌훌 놔두고 온 삶의 무게만큼 더욱 치열하게 두 손을 휘저으며 앞으로 나가고 싶었다. 하지만 빽빽한 마천루들 사이에서 미세먼지였던 나는 종일 열심히 허우적거리는데 왜인지 깊은 수렁 속으로 계속 침전했다. 뉴욕의 바쁨은 나를 기다려주지 않았고, 여유 없어 보이는 사람들의 입에서 같은 말이 나오더라도 조금은 의뭉스럽게 다가왔다. 자본주의 중심지에서 모든 이들에게 자동적으로 친절함을 얻어내기에는, 나의 통장 잔고와 사회적 지위가 너무 귀여웠다. 이러한 와중에 예술이 나에게 무슨 의미가 있었을까. 내 삶은 일과 세계에서 일어나는 엄중한 사건 사고들로 점철되어 있을 뿐이었다.

조금씩 우울감이 마스크를 뚫고 나를 집어삼켜 내가 잘못 살고 있구나, 괜히 욕심내서 뉴욕까지 와서 이렇게 블록버스터 스케일로 스스로를 못 괴롭혀 안달일까, 후회가 날로 깊어지던 중 저자 현 변호사를 만나 눈이 번쩍 뜨이는 제안을 받았다. 뉴욕에서 예술 분야에 종사하는 젊은 사람들을 만나서 인생 이야기를 하자니? 맞다. 우린 뉴욕에 살고 있었지. 미술과 음악과 예술가들의 도시! 왜 멍청하게 잊고 있었을까? 방문만 나서면 발에 채는 게 미술품인데. 뉴욕 거리와 공원에서 부르면 바로 나오는 '김 서방'들이 예술가인데—아니 부르지 않아도 '이미 나 예술가예요' 이마에 써 붙이고 다니는 사람들이 수십 명인데!(물론 막상 인터뷰 대상을 찾기란 쉽지 않았다. 그만큼 이 책에 수록된 인터뷰 대상들이 엄선된 사람들이라는 뜻이겠지만!)

예술 분야에 종사하는 젊은이들. 본질이 예술인인데, 거기에다 또 도전하는 젊은 영혼들이라니. 설명마저 치명적이라 만나보기도 전에 반해 버릴 수밖에. 미술 작품보다 더 생동감 있고 음악회보다 더 현장감 있는 이들의 이야기를 들으며 느끼는 대리만족은 예상보다 더 컸다. 내가 이들처럼 예술이 좋다는 이유로 온 힘으로 자신을 내던지며 도전하며 살 수 있을까? 인터뷰이들의 발자취를 쫓아가며, 상황에 나를 대입하고 상상해 보기도 하면서, 역설적으로 회색으로 지루했던 내 삶도 풍요로워지는 기분에 아무리 야근을 해도 한동안 날아다니는 것 같았다. 이곳이 뉴욕이라서 조금 더 그랬나 싶기도 하지만.

확실한 건, 아무리 거리가 먼 삶을 살지라도, 여전히 예술은 어떠한 방식으로든 내 삶에 인공호흡을 불어넣어 줄 수 있다는 것이다. 예술 작품이든, 동 분야에서 종사하는 이들의 삶과 시각을 통해서든, 인터뷰이들의 삶의 조각 조각을 이어 붙이면서 내가 느꼈던 감동과 감정들을 이 책을 읽는 이들과 조금이라도 나눌 수 있기를 희망한다. 그리고 내가 알고 있는 사람 중 가장 예술적인 나의 좋은 친구 현예림 변호사에게 고마움을 전한다.

뉴욕, 관점의 발견

© 현예림

초판 1쇄 인쇄 2023년 12월 12일
초판 1쇄 발행 2023년 12월 20일

지은이 현예림
펴낸이 박지혜

기획·편집 박지혜 **마케팅** 윤해승, 장동철, 윤두열, 양준철
디자인 김현우 **교정** 김찬성
제작 한영문화사

펴낸곳 ㈜멀리깊이
출판등록 2020년 6월 1일 제406-2020-000057호
주소 03997 서울특별시 마포구 월드컵로20길 41-7, 1층
전자우편 murly@humancube.kr
편집 070-4234-3241 **마케팅** 02-2039-9463 **팩스** 02-2039-9460
인스타그램 @murly_books
페이스북 @murlybooks

ISBN 979-11-91439-39-7 03810